吴姐姐讲历史故事

吴涵碧◎著

隋·唐

589年~906年

新世界出版社
NEW WORLD PRESS

杨坚（541 ~ 604 年），唐阎立本绘。小字那罗延，隋开国皇帝，弘农华阴（今陕西华阴）人。北周时任柱国大将军，封隋国公；581 年，废北周静帝自立；589 年南下灭陈，统一天下，结束中国近三百年分裂局面。统治期间，勤奋政事，把原来淮南江北因战乱而荒芜的大片土地悉数开垦，又广设两仓，丰蓄歉济，国势大盛，史称“开皇之治”。但他限于才具，所理政事，未能及于宏远，加上立储不副，隋朝终极盛而衰，二代而亡。

——见《杨坚生有异相》，第 1 页。

* 图注内容皆出自《吴姐姐讲历史故事》——编者注

突厥锻奴图，古纸牌水彩画。突厥人入居金山（今阿尔泰山）时，部族弱小，充任柔然人锻奴，臣服柔然。后来渐渐强大，向柔然求婚，柔然因其出身锻奴，严加拒绝，突厥大怒，与柔然作战。突厥人擅长锻炼，武器精良，竟然灭掉柔然。之后，迅速强大，成为北方一极雄强势力，北周、北齐、隋、唐都受其军事压力。图中为两个突厥锻奴正在打制铁器。

——见《不收费的酒食店》，第 61 页。

隋炀帝乘龙船游幸江都，想象图。隋炀帝即杨广，隋文帝杨坚次子，弘农华阴（今属陕西）人。581 年封晋王，589 年统兵平南陈，600 年以阴谋获太子位，604 年即位。杨广少聪慧，美姿仪，多才气，但好大喜功，刚愎自用。登位后，外三征高丽，未能平服；内广通河渠，三幸江南，不惜民力，广费民财，天下因之鼎沸。617 年，李渊父子起兵晋阳，继陷关中。618 年，杨广进退失据，为臣下所弑，隋朝灭亡。隋建国三十七年，由极盛至亡，不出十年。

——见《隋炀帝游幸江都》，第 76 页。

尉迟恭（585 ~ 658 年），字敬德，朔州（今山西朔城区）人。初从刘武周，后归李世民。尉迟恭擅避矟夺矟，敌军刀枪如云，亦能来去自如，李世民曾对他说："你持矟，我执弓，敌军虽有百万，能奈我何？"天下初定，太子建成以财货厚贿，希望他反叛李世民，遭严拒，建成乃派刺客刺杀，尉迟恭高卧以待，刺客惧他勇武，逡巡三晚，未敢下手；玄武之变，亲手射杀元吉。是秦王府中武人之首，也是中国人勇武善斗的杰出代表。图中为尉迟恭在京剧中的造型，出自清内府彩绘本《庆赏昇平》之《千秋岭》。

——见《建成和元吉联手对付李世民》，第 163 页。

李世民（599 ~ 649 年），选自《乾隆年制历代帝王像真迹》。即唐太宗，武功人，唐高祖李渊二子。18 岁时乘隋大乱，力劝李渊举兵反隋。李渊称帝后，封秦王，在削平隋末群豪中，每亲率精锐突敌阵后，并征纳杰士，收挽人心，唐有天下，多赖世民。626 年，凭借玄武门之变，承继帝位。在位期间，他鉴于隋亡的教训，任用贤能，从善如流，闻过即改，视民不分华夷，开创“贞观之治”，是中国人万口传颂的千古英主。

——见《唐太宗不念旧仇》，第 171 页。

房玄龄（578 ~ 648 年），选自《历代名臣像解》。山东临淄人，幼聪慧，曾随父至京师长安，当时隋声势浩大，天下安宁，人皆以为国祚绵长，玄龄独以为隋之亡，跷足可待；18 岁中进士，李渊父子举兵反隋，房玄龄出山自荐，与李世民相谈，一见如故；从世民征伐天下，人皆爱珍宝，房玄龄独爱图籍文件，结交豪杰，劝他们为唐效力，世民以萧何视之，为秦王府中文士第一人；贞观初年，房玄龄论功排第一；后出任宰相，知人善任，与杜如晦齐名，称“房杜”，是中国历代有名良相。

——见《李纬的漂亮胡子》，第 179 页。

目录

杨坚生有异相 …… 1
杨坚当了北周辅政大臣 …… 4
一袋干姜 …… 8
隔江犹唱后庭花 …… 11
新年的突袭 …… 15
胭脂井 …… 18
用锥子刺舌头 …… 22
隋文帝性好猜忌 …… 26
独孤皇后善妒 …… 29
杨勇爱好奢侈 …… 32
杨广弄断琴弦 …… 35
杨素暗助杨广 …… 38
杨勇上树呼救 …… 41
杨俊杨秀，难兄难弟 …… 45
杨广露出了狐狸尾巴 …… 49
树枝上的缎带花 …… 53
世界最长的运河——大运河 …… 57
不收费的酒食店 …… 61

隋炀帝亲征高丽 …… 65
杨素不肯服药 …… 68
杨玄感之乱 …… 72
隋炀帝游幸江都 …… 76
隋炀帝对镜兴叹 …… 80
隋炀帝之死 …… 84
李渊雀屏中选 …… 88
李渊举棋不定 …… 92
“罄竹难书”成语的由来 …… 95
李世民军营夜哭 …… 99
轻薄公子宇文化及 …… 103
王世充伪装诚恳 …… 107
窦建德真够义气 …… 111
窦建德自斩左右手 …… 114
刘黑闼杀牛待客 …… 118
李玄通舞剑 …… 121
李密大逃亡 …… 125
翟让死里逃生 …… 128
翟让推戴李密 …… 130
李密恩将仇报 …… 133
夏侯端杀马飨士 …… 136
李世民得罪后宫妃嫔 …… 140
杨文干之变 …… 144
一场激烈的辩论 …… 148
李世民的离间计 …… 152
陈叔达不吃葡萄 …… 156
太子建成展开挖角战 …… 160

建成和元吉联手对付李世民 ······ 163
玄武门之变 ······ 167
唐太宗不念旧仇 ······ 171
唐初第一功臣房玄龄 ······ 175
李纬的漂亮胡子 ······ 179
唐太宗夜梦杜如晦 ······ 183
李靖·红拂女·托塔天王 ······ 187
众君之长的天可汗 ······ 191
唐太宗的胡须灰 ······ 195
高士廉母子同心 ······ 199
贤德的长孙皇后 ······ 203

杨坚生有异相

自从周武帝英年早逝以后，便由周宣帝继位，他立杨妃为杨皇后，但是对杨皇后的父亲杨坚极为不满。

宣帝为什么如此讨厌他的老丈人呢？这是有道理的。杨坚在周武帝时代便极有威势，先后出任左小宫伯、隋州刺史、大将军等官，同时他长得相貌奇伟，不像人臣。根据《隋书》的记载，杨坚出身还有一段传说：

传说他生下来的那天夜晚，房间中弥漫着一片紫气。突然，自紫雾之中出现一位穿着法衣的尼姑，说自己是从河东地方来的。她指着杨坚的母亲道："这个小孩长相十分奇特，不能在俗间抚养长大。"于是，尼姑在一间别馆之中，亲自抚养这个小婴儿。

有一天，杨母正抱着杨坚逗着他玩，发现他的额头上忽然冒出一个角，吓得杨母失手把杨坚坠落到地上。

这时，尼姑刚好自外头归来，看到此景着急地说："你已惊吓我儿，使得他晚成大器。"

杨坚除了额头上长着一个玉柱外，更奇特的是他的手掌一打开，其中的掌纹像是一个"王"字。

由于他长相奇特，所以有许多人在周武帝面前告状："杨坚的眼睛像黎明时的曙光，明亮又有神，让人一看就怕，手足无措。恐怕不是人臣之相，请早日将他除去。"

不过，另外又有人说："杨坚是个守节之人，而且可镇一方，

隋文帝杨坚，唐阎立本绘。

若为将领，无阵不破。”

所以，周武帝起初也没对杨坚怎样，但是一再有人在武帝跟前说杨坚貌有反相。杨坚紧张得很，小心翼翼，惟恐出了什么差错。

杨坚的女儿嫁给了宣帝，这个老丈人也就封为上柱国、大司马，声势更隆。

宣帝跟别的皇帝不一样，他除了有杨皇后之外，还有朱氏称为天皇后，元氏为天右皇后，陈氏为天左皇后，共称为四后。

有四个皇后在一起，四个皇后的家庭彼此争宠，自然是一天到晚吵来吵去。但是杨皇后个性柔弱，不妒忌，又从来不与人争，所以每个妃嫔都喜欢她，愿意和她做朋友。

前面说过，周宣帝不晓得是不是因为小时候挨过父亲周武帝的揍，特别喜欢打人。而且还规定凡挨板子至少一百二十大板，称之为天杖，以后更增加到二百四十大板，连宫人妃嫔也是说打就打。

有一次，宣帝责打杨皇后，奇怪的是杨皇后非但没有鬼哭神号，反而依旧举止详闲，辞色不挠，保持一派大家闺秀的优雅风范。这可把宣帝惹火了，他竟然下令杨皇后自尽。

杨皇后的母亲，也就是杨坚的太太，宣帝的丈母娘独孤氏听到消息，急忙跑到宫阁里来，跪在地上向宣帝求情。一面口中喃喃讨饶，一面用力地叩头，到后来，叩得满头鲜血，宣帝才说：“好吧，饶了她这一回。”捡回杨皇后一条小命。

这个时候，杨坚已被任命为大前疑（官名，是周宣帝时，中央政府四个重要官员之一），德高望重。宣帝看着心里不是滋味，他忿（fèn）忿地对杨皇后说：“我一定要杀死你父亲，灭你家族。”

过了没多久，宣帝召杨坚入宫。在杨坚未入宫门之前，宣帝对左右的人说：“他如果看起来不对劲，脸色变动，看我不杀了他才怪。”

大家都屏（bǐng）息以待杨坚进来送死。杨坚当然也听说了这个女婿想灭杨家家族之事，他虽然心存畏惧，仍然一步步进入。

杨坚迈着方步缓缓踏入，从容不迫，神色自若，一双曙眼仍然使人望而生惧，完全看不出来有任何不自然的神态。宣帝找不到破绽，只好放过这个老狐狸一马了。

虽然杨坚逃过这一次，难保下一次还能幸免，所以杨坚心中十分不安。他在宫中长巷悄悄地对内史上大夫郑译说：“我希望早一点能调到外藩去，这是你知道的，如果有机会，拜托代我留意一下。”

郑译是宣帝的亲信，说：“以公德望，天下归心，我哪儿敢忘记你所托的事，我这就准备去为你说情。”

郑译到了宫里，对宣帝说：“如果陛下想要平定江南，必须派遣重臣先前往镇压安抚，不如先把隋公杨坚派出去打前锋。”

宣帝接受了郑译的建议，派杨坚为扬州总管，前往寿阳。杨坚正要上路，忽然生了足疾，没法子动身，事情就搁置下来了。

就在同一时刻，荒唐的宣帝忽然得了一种怪病，讲不出话，喉头喑（yīn）哑，没过两天就死了。太子宇文阐（chǎn）即位，局势完全改观。

杨坚当了北周辅政大臣

北周宣帝死后，他的儿子宇文阐即位，年仅八岁，是为静帝。

静帝年纪很小，必须有一个辅政的大臣，宣帝临终之前已不能说话，身旁只有宠信的臣子郑译和刘昉（fǎng），这两人和杨坚私交不错，他们替宣帝写遗诏时，便在遗诏中指定杨坚为辅政大臣，总管中外军政大权。逼着御正中大夫颜之仪在诏书中连署。

颜之仪一看即知绝非宣帝的遗诏，拒绝签署。他厉声对郑译、刘昉说："主上升天，嗣（sì）主年幼，辅佐重任，应该是由宗室中才略过人者担任。现在宗室之中赵王招年岁最长，以亲以德，都应该推他辅政，怎么会轮到杨坚？公等备受朝廷厚恩，应当尽忠报国，怎么能够把神器假手外人？之仪惟有一死而已，不能够从命。"

杨坚等知道颜之仪是个硬骨头，没法子让他屈服。于是代颜之仪在遗诏中签了一个名字，杨坚便大摇大摆坐上辅政大臣的宝座。

然后，杨坚又向颜之仪索取天子的兵符六玺（xǐ），颜之仪不肯给，他正色地说："这是天子之物，自有主者，宰相何故索之？"

杨坚很生气颜之仪的不识好歹，恨不得马上把他推出去斩了。但是颜之仪极具声望，杨坚只好派他到西边荒地当郡守。

当时北周的群臣并没有完全归心于杨坚，杨坚派遣卢贲（bēn）率领臣子前往东宫。百官不知该何去何从，杨坚便召集公卿诱惑道："想要得到富贵的跟我走。"可是臣子们还是低着头聚在一起耳语，不能决定去向。其中有个臣子真的要离开杨坚，杨坚立刻派兵阻拦。他就用这种利诱与胁迫的方法，暂时控制住局面。

当时汉王宇文赞住在后宫之中，常常与静帝同坐帐中。杨坚因为要控制静帝，嫌宇文赞讨厌。于是，杨坚派人找了许多年轻貌美的女伎送给宇文赞，宇文赞要与女伎同乐，自然远离了静帝。

接着，杨坚又派人告诉宇文赞："大王为先帝的弟弟，众望所归。皇上年幼哪堪重任？现在先帝刚刚过世，人情纷扰不安，王暂且先归府第，等到过一阵子后再入宫为天子，此为万全之计。"

宇文赞年纪小，识见浅，傻傻呆呆的被赶出宫外，还以为自己将来会当皇帝。赶走宇文赞后，杨坚拔去眼中钉，更进一步着手篡夺政权。

宗室之中最有力量的赵王招，眼看着大势将去，准备一不做二不休，先杀了杨坚再说。

赵王招安排了一个宴会邀请杨坚参加，他左右都布满了壮士，帐帷中、案席下也暗暗放了利刃。杨坚呢，则不许带人进入，只有大将军元胄坐在门外相随。

宴会之中，双方虚情假意，谈笑风生。酒酣耳热之后，赵王招随手用佩刀刺起一块瓜果送到杨坚的嘴边；表面上是亲热地为他布菜，事实上是想一刀刺中杨坚的喉咙。

杨坚在这种危险的情况之下吃了几片瓜，这个时候，元胄（zhòu）忽地闯入禀报："相府有事，不可久留。"

赵王招愤怒地抽回佩刀，呵叱道："我正与丞相在谈话，你是什么人？去去去！"派人把元胄赶走。

哪知元胄气息激愤，怒瞪双目，紧扣佩刀，一步也不肯离开。好像为着保卫主人杨坚，准备与赵王招一决生死似的。

赵王招只好堆着笑脸道："来来，来喝酒。""我哪儿有什么恶意？你何必这样多疑猜忌呢？"

喝了几杯之后，赵王招假装要呕吐，准备回到后阁休息。元胄

北周彩绘武士俑。

惟恐赵王此去有诈，硬是把赵王扶着上坐，连说："没关系，休息一会儿就好了。"一连三次，赵王要回后阁，元胄都不让他离开。

赵王招眼看走不成了，开始说喉咙干，要元胄去厨房帮他拿一杯水来，元胄不肯去。

这时，滕王来赴宴，杨坚下石阶去迎接滕王。元胄利用此时，凑在杨坚的耳旁道："情势十分怪异，咱们得赶快离开。"

杨坚不相信，他说："赵王没有兵马，他能做什么？"

元胄道："话不是这么说，他们若先发动，我们就死定了。"

等到杨坚回到座位，元胄听到屋后有铠甲相碰的窸窣（xī sū）之声，他确定背后确有伏兵，一个箭步向前对杨坚道："相府的事情多，丞相不宜留此。"说着，扶着杨坚便往外闯。

赵王招要追来，元胄用身体掩护着杨坚，杨坚就在千钧一发时逃走了。赵王招虽布下天罗地网，但事出突然，一下呆住了，白白让杨坚逃走。赵王恨得两手拊（fǔ）掌，用力摩擦，擦得两手滴满鲜血。

赵王招想害杨坚，没有成功，使得杨坚感觉到宗室诸王实在是一个威胁，于是展开了杀戮（lù）行动，大杀北周宗室诸王。

杨坚当了辅政大臣，北周的一些老臣内心不服，尤其那些在外地担任“总管”官职的老臣，手握兵权，起来反抗杨坚。

首先是相州总管尉（yù）迟迥（jiǒng）举兵声讨杨坚，接着郑州总管司马消难、益州总管王谦起兵响应。杨坚派韦孝宽和王谊率领久经训练的府兵，把反对者一一消灭，使杨坚的政治地位更加稳固。

杨坚只做了十个月的辅政大臣，便强迫北周静帝让位给他。杨坚在辅政时期被封为随王，登基做了皇帝，本想用“随”做国号，可是“随”字有“辶（chuò）”字旁，似乎不太吉利，于是，去掉“辶”而称“隋”，杨坚就是隋文帝。

一袋干姜

上一篇我们说到，处心积虑的杨坚终于抢到了皇位。在开皇元年（581 年）改服纱帽黄袍，坐上临光殿中天子的宝座，是为隋文帝。

杨坚的女儿，也就是周朝宣帝的皇后，原本还很高兴杨坚假造遗诏，夺得辅政大权。因为自从她那荒唐丈夫过世后，继位的宇文阐年纪太小，需要有强人帮助。所以杨坚的伪造遗诏，杨后虽未参与，内心却十分快慰。

等到杨坚当上辅政后，野心渐露。杨后知道父亲怀有异图时，相当愤愤不平，在言语态度上都表现出强烈的不满。每次看到杨坚，一张脸总是拉得好长，却也无法阻止杨坚篡夺周朝的企图。

后来，杨坚终于“欺人孤儿寡妇”，灭掉了北周。杨后更为悲伤，觉得自己对不起夫家周朝，格外的愤恨惋惜，终日以泪洗面。

杨坚利用女儿的关系抢到了皇位，心中有些儿惭愧，所以把杨后改封为乐平公主。不久，杨坚又想劝杨后改嫁，帮她另觅一条新路。

谁知杨后是个坚贞的烈女子，宁死不肯改嫁。杨坚怕逼急了杨后会寻短见，也就不敢再提这件事。

杨坚能够这么快地夺得天下，除了占有老丈人的便宜之外，还有一个主要的原因——汉人力量的抬头。

自从鲜卑人统一北方，建立北魏之后，鲜卑人对汉民族文化极为仰慕；在北魏孝文帝时迁都洛阳，把胡儿变汉人。汉化的结果，提高了鲜卑人文化和生活上的程度，却使得鲜卑人失去壮悍之气，染上汉人的许多毛病，例如奢侈、文弱等。久之，政权慢慢落入汉人手里，杨坚正是汉人的代表。再加上宣帝的胡搅、静帝的幼弱，以及一般人民希望脱离异族的控制，所以杨坚轻而易举夺下江山。

杨坚虽然对政敌手段严苛，对老百姓倒是颇为仁爱，大概是因为一般民众对他的政权不会有威胁吧。

他当上皇帝以后，首先修改刑律。废除了恐怖的枭（xiāo）首（把头割下来挂在高竿上示众）、轘（huàn）裂（在大街上分尸）的刑法，只留下斩、绞两种死刑；并且规定死刑犯，地方官吏不得擅自处决，要报到中央政府办理。这一套较前朝精简的法律，称为“皇律”。一共减去了死罪八十一条，流罪一百五十四条，徒（tú）杖之罪千余条，是法律上的一大进步。

杨坚每天很早就上朝处理政事；当他乘舆（yú）外出，路上逢有百姓告状，一定停下马来仔细垂问。他并且派遣许多人到地方探听风俗习惯、吏治得失、人间疾苦。

有一年，关中地方闹了饥荒，他派遣左右去查看：“去看看老百姓都吃些什么？”

等到来人回报，百姓苦不堪言，吃的都是一些豆屑、杂糠等平时用来喂猪的食物，杨坚难过得当场流下眼泪，撤去满桌的山珍海味，而且以后将近一年之中不近酒肉。事实上，平时除去宴会以外，他桌上的菜只有一个是荤菜。

由于杨坚以身作则，所以朝臣之下都不得衣绫绮，不得有金玉之饰，衣服多用布制，装饰也不过是铜铁骨角而已。

隋文帝可能是中国古代最节俭的皇帝了，皇宫内后妃宫女的衣服都一再洗濯（zhuó），不许常换新衣，他自己的马车破旧了，命令随时修理，不许换新。

有一次，文帝要赏赐给大臣刘嵩之的妻子一件衣领（类似今天妇女用的披肩），管理宫中衣物的宦官报告皇帝，宫中没有一件衣领是新的，弄得文帝很不好意思。

有一次，杨坚需要一剂止痢药止泻，这止泻药内需要用胡粉一两，竟然在宫中找不着这味胡粉，可见当时宫中的俭朴。

还有一回，杨坚看到宫中仆役扛着布袋往前走，走得气喘吁吁，满头大汗。杨坚便把工人叫住，问道："你袋子里装的是什么？让朕看一看。"

"没有什么，不过是炒菜用的干姜罢了。"工人恭恭敬敬跪在地上，回答杨坚的问话。

谁知杨坚一听之下，脸色一沉怒声道："干姜哪里用得了这许多，一盘菜里最多只要用一小片就够了，你们怎么如此浪费？"

姜可说是最便宜的东西了，许多家庭主妇上菜市场，菜贩经常会赠送一两块姜。然而杨坚为着这一袋姜，足足发了几天的脾气，吓得宫中上下个个吐舌头。彼此互相警告，节约省俭，免得皇上震怒。

但是有时候，杨坚未免小气过分。例如开皇十四年（594 年）天下大旱，民不聊生，而此时各地的仓库满得都快要溢出来了，杨坚却一直舍不得打开仓库周济饥民，所以后来唐太宗批评杨坚"不怜百姓而惜仓库"。

无论如何，由于杨坚的勤俭，使得南北朝以来奢侈浪费的风气为之一变。到杨坚晚年的时候，天下所储存的粮食，足足可供五六十年之用，不得不设立许多粮仓来储粮。据说洛口仓城周围二十里，城内有三千个窖，每窖可容八千石。洛阳城内有个子罗仓，储盐达二十万石，仓西还有六十多个窖，每窖储粳（jīng）米八千石。从这些数字，我们可以想象"开皇之治"的盛况。

隔江犹唱后庭花

自从隋文帝篡（cuàn）周以后，统一北方。这个时候，南方只剩下一个由陈霸先建立的陈，传位到陈宣帝。隋文帝很想吞并陈朝，统一天下。

隋文帝刚刚即位之初，羽毛尚未丰满，在表面上蓄意讨好陈朝。他写了一封信给陈宣帝，写得十分客气谦虚，连书信后面署名也只写杨坚二字，不以北朝皇帝自夸。没有想到陈宣帝的回信却十分骄傲，使得文帝大为不悦。

文帝把手下的大将高颎（jiǒng）找来，问他可有取陈的良策。

高颎回答："江北地寒，农作物收成得晚；江南土热，水田早熟。我们趁江南收割之时，召集少数兵马，扬言攻击，如此陈朝必定屯兵御守，耽搁收获时节；等到他们的兵马聚集起来，我方立刻解甲。如此再三数次，陈朝习以为常，然后我们再调集兵队正式进攻，陈朝必定措手不及。"

"此外，"高颎又接着说，"江南土地浇薄，房屋多用茅竹搭建，财物大半藏在地窖之中。我们不妨派遣特务前去放火，等到他们修复，咱们再烧，不出数年，自然财力俱尽。"

"嗯，这倒是个好方法。"文帝颇为赞许高颎的计策，派人赴陈朝边境虚张声势，又派人去陈朝境内放火。果然使得陈朝疲于奔命，头痛万分。

同时，隋朝的大将杨素等倡议用水攻。文帝派杨素建造战船，

隋五牙战船复原图。

最大的主力舰称之为“五牙”，高百余尺，有五层楼，前后左右一共有六个高五十尺的拍竿，用来攻击敌船。一共能容纳战士八百人，真是不简单。文帝便决定了用水陆并进的办法攻打陈朝。

至于陈朝这一方面呢？陈宣帝不久去世，传位到陈后主陈叔宝手中，陈叔宝是历史上有名的昏君。在光昭殿前建造临春、结绮、望仙三阁，每阁均高数十丈，连延数十间房。其中的窗户、横木、悬楣、栏槛（jiàn），全部采用最名贵的沉香木或是檀香木，饰以金玉，间以珠翠，外边还罩着一层珠帘。南北朝的人最喜爱的饰物即为真珠，要用真珠做成珠帘，可以想见其贵重。阁内并有宝床、宝帐。总之，服饰玩用的瑰丽奇特，古所未有，又杂植许多奇花异草，每当微风吹起，香闻数里，使人心旷神怡。

陈后主最为宠幸的贵妃叫做张丽华，张丽华本为军人之女，为龚贵妃的侍儿，出身并不好。有一天，陈后主与龚贵妃宴饮之时，讶然发现龚贵妃身旁怎么有这样的一位美人儿，惊喜得说不出话来。

张丽华最美的地方是她的头发，有七尺之长，乌黑油亮像一匹黑缎，蔚为奇观。而且性情敏慧，有一股特殊的神采。每当她转动双眸，瞻（zhān）视顾盼，光彩耀目，照映左右，美得人们要倒抽一口气。

单单是美貌还不够，张丽华很懂得狐媚之术，把个陈后主迷得神魂颠倒，晕头转向，一时一刻离不开张丽华，干脆把张丽华抱在膝盖上听政事，一边抚弄张丽华的一头青丝，一边无精打采地听臣下奏事。

因为陈后主忙着享受美人恩，对政事心不在焉，于是坐在陈后主膝盖上的张丽华代为听政。张丽华再与娘家亲戚相勾结，卖官鬻（yù）爵（jué），货贿（huì）公行（xíng），朝廷里乌黑一片。

陈后主最相信的臣子是施文庆，此人书读得不少，诗史都在行，记忆力尤佳，非常会讲话，心算口占，一下就滔滔不绝涌出许

张丽华，选自《吴友如画宝》。

多话来。他建议用阳惠朗为太市令，暨（jì）慧景为尚书金仓都令吏，陈后主都答应了。

姓阳和姓暨的两人本来就是管会计的小吏，算账对账倒是纤（xiān）毫不差，然而没有气度，不识大体，苛察加上琐碎，使得人民痛苦万分。因为善于压榨，使政府每年收入超过平常的数十倍。陈后主高兴得不得了，直夸施文庆能干会办事，以后人事的大权都操之于施文庆之手，文武官员个个人心涣散。

既然一切交给施文庆，陈后主就可以开开心心大玩特玩了。他让张丽华张贵妃住在结绮阁，龚、孔二贵嫔住在望仙阁，三阁之间有复道相往返，陈后主愉快地在三阁之中穿梭。此外，陈后主还有王、李二美人，张、薛二淑媛，再加上袁昭仪、何婕（jié）妤（yú）、江修容等一并有宠。

宫女之中稍通文墨者，陈后主一律封为女学士。仆射江总虽然是宰相，却完全不亲政务，每天与都官尚书孔范等，率领一些个无耻的文人陪着皇帝游宴后庭。大伙在一起，嘻嘻哈哈，没有皇帝臣子的尊卑次序，称之为狎（xiá）客。

陈后主每日席开数十桌，一大堆狎客、女学士及诸妃嫔，莺莺燕燕聚为一堂。大家边吃边饮边作诗，作的都是些风花雪月的艳诗，彼此题诗赠答。

如果有谁写了特别艳淫的好诗，陈后主立刻命令谱成新曲，挑选一千歌女学着唱。当时流传下来较为有名的曲子有《临春乐》、《玉树后庭花》等，内容大概都是描写妃嫔如何如何花容月貌。

君臣痛饮，通宵达旦，不知隋文帝已蠢蠢欲动，大兵已至长江。因此，今天我们讽刺人之不知死活为“隔江犹唱后庭花”。

新年的突袭

隋朝的大军已经到了长江边上，陈后主仍然左拥右抱，好一个“隔江犹唱后庭花”。

隋朝大军，面对着滚滚长江，高颎（jiǒng）与行台吏部郎中薛道衡聊天。高颎说：“现在马上就要大举进攻了，依你看，江东可以拿下来吗？”

薛道衡不假思索道：“一定可以。我记得晋朝有一个预言家郭璞（pú）曾经说过，江东与中原地方分开三百年以后又会归于统一。算一算时间，自从晋元帝南渡即位于建康到今天，一共有二百七十二年。快满三百年了；加上我们皇上恭俭勤劳，陈叔宝荒淫骄奢，我有道而大，彼无德而小，我们一定可以席卷天下。”

高颎听了薛道衡的分析，眉开眼笑，对未来的一仗更有信心。

此时，隋朝最厉害的大将杨素已经引舟师渡三峡，到了流头滩，前面正是以地势险峭著名的狼尾滩。隋朝人自北方来，未看过波涛汹涌，心中颇有几分畏惧。

杨素当机立断：“胜负大计，在此一举。如果我们白天登陆，军队之虚实将被陈军一览无遗，再加上滩头迅激，恐怕对我军不利，不如趁夜摸黑登陆。”于是在当天夜晚，杨素亲自率领着黄龙数千艘而下。

等到第二天，陈朝的军队看到舟舻（lú）布满长江，旌旗甲胄（zhòu）与日光相辉映。杨素安坐大船之上，容貌雄伟，气宇不凡，

杨素越过狼尾滩，兵临岐亭，选自《马骀画宝》。

陈朝民众指指点点畏惧地说：“哇，清河公就是江神嘛。”（按，清河公是杨素的封号。）

长江边上的领主戍（shù）主，听说隋朝军队浩浩荡荡开来了，相继上奏皇帝陈叔宝。但是施文庆把警报都压下来，不肯呈给陈后主批阅。

情况愈来愈危急了，朝廷里正直的大臣袁宪等，终于找着机会上报陈后主。而且前方战事连连失利，也不容许再继续瞒下去。

但是，陈朝该不该出兵反击，陈后主一直没法拿定主意。施文庆为人卑劣，为军士们所不齿，他知道一开战必然没法掌握大权。所以买通宰相，力劝陈后主宽心。

陈后主被众小人捧得晕陶陶，自大地说：“王气在此，我怕什么？想当初齐兵三次进攻，周师二次进讨，还不都是被打得落花流水，管他是谁，若想进攻就是前来送死。”

陈朝都官尚书孔范乘机大拍马屁，讨好陈后主道：“长江乃自古以来划分南北的天堑（qiàn）。今天这批虏军莫非想飞渡天堑不成？想我每因官位卑微引以为耻，等到这批不知死活的东西想要渡江，那我一定能因为痛斩隋军而升为太尉公了。”

此时又有人传言隋朝的军马死去不少，孔范连连唉声叹气：

“哎，等到我俘虏隋军，这些马本该归我所有，怎么竟然死了呢？真可惜。”

陈后主看到孔范骄狂的神态，以为陈军士气旺盛，笑得合不拢嘴。既不严密防备，亦不放在心上，仍然每天陪着长发美人张丽华饮酒作乐，快活胜神仙。

时间过得很快，转眼到了腊月里，快要准备过年了。这个当儿，隋朝另一名大将贺若弼（bì）悄悄自广陵率兵渡江。他先派人买了不少好船，偷偷藏匿（nì）起来，然后再打发人员买了五六十艘破败的烂船公开亮相。陈朝人看了都掩着嘴暗笑：“到底是北方来的人不懂水战，原来隋朝人的船是这等模样，怎么能打仗嘛，太好笑了。”

贺若弼又交代下去，每次守卫换班的时候，必定大张旗鼓，所有人员都要集合。第一次换班的时候，只见大旗布满了天空，所有隋兵全副武装，陈军以为要进攻了，急急忙忙发兵防备。等到忙了半天，才知道只不过是军队例行换班。久而久之，习以为常，也不再加以防备。

贺若弼又命令军队沿江打猎。军士们骑着快马，呼啸而过。陈军又以为隋兵准备进攻，结果发现隋兵舍命追赶的竟然是一只野兔，失声而笑。以后，哪怕隋军闹得人马喧哗，也没有任何陈兵加以理会。

贺若弼眼看时机已成熟，挑了过年的日子挥军进攻。虽然陈朝人听到有整军、上马一片闹哄哄的声音，却懒得出外一查究竟，更何况正在过年，谁愿意冒着风寒出外打仗。

就这样，贺若弼轻轻松松，渡江成功，而陈朝人竟丝毫没有察觉。

另一员猛将韩擒虎渡过江来，到了采石（安徽省当涂县）。采石的守军都喝得酩酊（mǐng dǐng）大醉，兵不血刃就占领了采石，立即向建康进逼。

胭脂井

在上一篇《新年的突袭》之中，我们说到，隋朝大军利用新年，渡过长江，陈军措手不及，只好纷纷投降。

陈后主陈叔宝接到军报，隋军已渡过长江，到了建康城外，吓得痛哭起来，不知所措。此时大将军任忠入宫，向陈叔宝禀报失败的惨状，长叹一口气道："隋军太厉害了，臣等实在无能为力。"

陈叔宝用颤抖的手拿出两串金子对任忠说："拿这个钱去招募军士。"

任忠恭敬地接过金子道："陛下只要准备舟船，等着赴上流会合军队，我会誓死保卫皇上的安全。"

陈叔宝听了这话，心中稍安，渐渐止住了哭声。命令宫人收拾行装，准备上路。等到大家都一切打点妥当，等了又等，却始终不见任忠派人来接陈叔宝。

原来这个时候，任忠已经率领大军，在石子岗等待韩擒虎的到来，准备投降隋朝。任忠带领着韩擒虎的军队直入朱雀门，有些陈军拿起武器正要抵抗，任忠连连挥手阻止，他在马上大声呼叫道："连老夫都投降了，你们还打什么？还不赶快放下武器。"

任忠是陈朝的大将，于是，陈朝官兵一哄而散，城内的文武百官各自逃命去了，只有尚书仆射袁宪（xiàn）留在宫殿之中。陈叔宝看到人去楼空，与当初歌舞升平，一大群狎客饮酒赋诗的情景相对照，心中好不凄凉。陈叔宝对袁宪说："我从来没有对你特别好过，今天想起来惭愧万分。这非但是朕无德，文武百官一个不见，难道不也是江东士绅道义已经扫地了？”

说着，说着，陈叔宝全身发抖，惊骇急迫想找一个藏匿之地。

袁宪正色地告诉陈叔宝：“北兵入此，必定无所侵犯。事情已经演变到这个地步了，哪里还有什么可以安身之地？臣愿陛下端正衣冠，穿戴整齐，安安稳稳坐在大殿之上，效法当年梁武帝接见侯景的故事，也表现陈朝天子的威仪。”

按梁武帝在侯景乱军攻入时，神色不变，处之泰然，倒使得侯景流汗满面，不敢仰视梁武帝。

陈叔宝吓得脸色惨白，死也不肯听袁宪的劝告，他说：“锋刃之下太过危险，我自有办法。”说时迟，那时快，陈叔宝急急忙忙找了十几个宫人奔出景阳殿，准备躲在一口枯井之中。

袁宪再三苦劝，陈叔宝不理。后阁舍人夏侯公用身体挡住井，不让陈叔宝跳下去，但是，拉拉扯扯半天之后，他终于下井了。

不久，隋军赶到宫殿，没有看到陈叔宝，一找就找着了这口井。趴在井上对底下喊着：“我们找着你了，快出来吧，你一定是躲在里面。”

喊话喊了半天，没有反应。隋军火大了，扬言：“你再不出来，我们就要把石头推下去了。”接着搬来一块巨石放在井旁。

“不要丢石头，我上来，我上来。”这时井内传出陈叔宝喊救命的声音。于是隋军放下绳子，想把陈叔宝吊上来。

奇怪的是，吊了半天竟然吊不上来，隋军不解道：“陈叔宝有多重啊？”最后挑了两个孔武有力的大力士来拉，才把陈叔宝吊上来。上来一看，哇！他左边捆着张丽华，右边捆着孔贵妃，三人合抱在一起，难怪如此之重。真是要死也风流，把隋军笑得直不起腰。

据说，当张丽华被拉上井时，脸上的胭脂染红了井的栏杆，所

南陈后主陈叔宝，唐阎立本绘。

以这口井，后人称之为胭脂井，位于南京北极阁下，供人凭吊。井旁的茶座，即为景阳殿的旧址。

隋军攻克建康之后，隋文帝的儿子杨广（即后来之炀帝）派人告诉大将高颎（jiǒng），务必保存美女张丽华。

没有料到高颎竟然不服从命令，高颎的理由是："以前周武王蒙面斩妲己，今天岂可留下张丽华这个祸水？"于是在青溪将张丽华问斩。

来人回报杨广，张丽华的脑袋被高颎砍掉了。害得杨广空欢喜一场，脸色大变道："古人说，无德不报，我一定会好好地回报高颎的。"从此，杨广对高颎恨之入骨。

陈叔宝被押到长安以后，陈朝灭亡。四百年来分裂的中国，至此为隋文帝统一。

前面《一袋干姜》中，我们说过，隋文帝灭掉北周之后，杀光宇文氏的子孙。但是，文帝灭陈朝之后却没有重下毒手，这是因为此时隋朝的基业已经稳固，而且，陈朝子孙孱（chán）弱，缺乏骨气。因此文帝非但没有加害陈叔宝，反而在宴会的时候，规定不奏江南音乐，免得陈叔宝听着伤心。

不久，监视陈叔宝的人上奏，说他想要一个官位，文帝气得大叫："叔宝全无心肝。"监守者又说："叔宝常醉，几乎没有清醒的时候。"

“他一天要喝多少？”文帝问道。

监守者道：“他和他的子弟一天要喝掉一石（dàn）。”

“哇！这么多，得节制一些。”文帝说，继而又回头改口，“不必了，让他喝，他不喝酒又如何过活？”

如果陈后主不是昏庸至此，“隔江犹唱后庭花”，又怎么会沦落到这种地步呢？

用锥子刺舌头

贺若弼是河南洛阳人，父亲贺敦，以勇武英烈著名，曾经做过北周的金州总管。宇文护十分嫉恨贺敦，利用机会将他逮捕下狱，且处以死刑。

贺敦在临刑之前，对他的儿子贺若弼说：“我一直有一个心愿，想要平定江南，统一全中国。可惜这辈子没法完成这个愿望了，你要设法继承父志。我被处死刑，主要是因为我这片舌头太爱说话，因而遭嫉，你可要牢记为父的教训。”

贺若弼，佚名绘。

说着，贺敦拿出一根尖尖的锥子，刺破贺若弼的舌头，再三告诫贺若弼“开口要谨慎”。

若弼从小有大志，擅长弓马，也会写文章，名重一时。曾经是北周的亭县公，小内史。

隋文帝受禅，建立隋朝之后，颇想早日平定江南，到处寻访可堪重任的大将。高颎对文帝说："朝臣之内，文武才干，没有人比得上贺若弼。"

文帝很高兴，立刻任命贺若弼为吴州总管，负责平陈大事。平陈是他父亲的遗志，因此若弼欣然受命，献上平陈十策。文帝看后，颇为赞许，赐给贺若弼一把宝刀，表示予以重托。

开皇九年（589年），文帝大举伐陈。贺若弼腰佩宝刀，威武地站在渡船上，举起一杯酒对天发誓道："弼将远振国威，伐罪救民，除凶去暴。请上天与长江为我作证，大军远涉后，如果有不当之举，愿葬身鱼腹之中，死且不恨。"

接着，贺若弼买了些破船欺瞒陈军，又命令军队换班交接之时，必定大张旗鼓，使得陈军一再上当，以为隋朝大举进攻。然后趁着陈军疏于防备，又值新年狂欢之际，一举渡过长江攻下陈朝。

当贺若弼攻入建康北掖门之时，另一名隋朝大将韩擒虎已经把陈叔宝绑起来了，贺若弼落后一步，大为愤恨。于是，贺、韩两人在隋文帝面前互相争功。

贺若弼怒气冲天："臣在蒋山与敌人决一死战，破他的劲卒，擒他的大将，震扬武威，遂平陈国。韩擒虎不与敌人交锋，却抢了臣之功劳，太可恨了。"

韩擒虎也有一套说词："我奉御旨与若弼一起攻打伪都。贺若弼看到敌人立刻交锋，使得我方将士死伤甚多，远不及臣另率五百轻骑，兵不血刃，轻轻松松执陈叔宝，开陈朝府库。这时，贺若弼才慢吞吞自北方而来，他的功劳怎能与我相比？"

文帝看到此二人吹胡子、瞪眼睛，在庙堂之上闹得太不像话，急忙打圆场道："两位将军都有功，都应该重赏。"

于是贺若弼被封为宋国公，食邑三千户，又赐以宝剑、宝带、金瓮、金盘一大堆金银财宝。（食邑三千户，就是指三千户的税收归贺若弼，古代常有这种赏赐。）另外，文帝更把陈叔宝的妹妹送给他当妾，拜右武侯大将军。他自认为在朝中功高一等，以宰相自许。

贺若弼的风光没有好久，听说另一员猛将杨素升为右仆射，而他仍然只是一个将军，心中咽不下这口气，到处发牢骚。话中暗指文帝没有脑袋，不会用人。文帝听说贺若弼竟然埋怨皇帝，一怒之下，立刻将他免官。

过了几年，更把贺若弼逮入狱中，文帝询问他："我用高颎、杨素为宰相，你却到处对人说，这两个人只会吃饭罢了，你是什么用意？"

韩擒虎，选自《历代名臣像解》。

贺若弼的嘴巴仍然不饶人，他轻蔑地说："颎是臣之故人，素乃臣之舅，我太知道他们的为人了，所以我说这两个人只能吃饭。"

文帝听了，十分厌恶贺若弼的骄狂，虽然看他功在国家，没有加害，却也不愿加以重用。

有一天，突厥派使入朝，在宫廷内表演射箭，一射中的，众人都拍手叫好。下面该轮到隋朝这边的人发射了，文帝很担心万一没射准，岂不丢了隋之颜面。立刻下令："除了贺若弼没有人能当此重任，快把他找来。"

贺若弼到了，对文帝深深一鞠躬道："臣若是赤忱奉国，当一发中的，如果我不是对皇上忠心耿耿，发不中也。"

大家都屏息以待贺若弼拉弓。他动作敏捷，臂力强劲，轻轻松松一拉，一举射中红心，又快又准，比突厥使者更胜三分。众人纷纷鼓掌，欢声响彻天地。

文帝把面子挣回来了，十分得意。他拍着贺若弼的肩膀，对着突厥使者炫耀："此人，天赐我也。"

虽然他说是天赐隋朝，文帝始终对贺若弼未加以任用；甚且到炀帝时，因为他私下议论朝政得失，被处死刑，妻子为官奴婢，步上了父亲的后尘。

贺若弼功成名就，坏就坏在他的一片舌头喜欢夸耀自己的功劳，更以挖苦批评他人为乐。锋芒毕露，难免招忌。如果他记得他父亲临终之前，用锥子刺他舌头的用心，何至于落此下场？

隋文帝性好猜忌

自从隋文帝建立隋朝以来，实行了许多良好的措施。例如：实行中央集权，加强地方控制；废止九品中正制，改用科举考试来选拔人才；实行均田制度；减免徭役以及免除盐酒税收等等。从魏晋以来，历代君主，多半懒惰。隋文帝统一南北之后，能有这些措施，实在不容易。但是他有一个毛病，喜欢猜疑妒忌。

根据唐太宗的分析，文帝对朝政非常仔细。但是因为他是欺人孤儿寡妇而得到的天下，所以也时时怀疑臣下会暗算他或是欺骗他，成日疑神疑鬼。

文帝时常派人暗中窥伺臣子，看看他们有没有私下搞鬼。甚且自己在殿庭之上捶人，一天捶人四次以上。

尚书左仆射高颎等，不只一次上谏，认为朝堂非杀人之所，殿庭也非行决处罚之地，隋文帝丝毫不加以理会。

在逼不得已的情形下，高颎等人到朝堂请罪，重提此事。文帝问左右都督田元："我打人的杖太重吗？"

田元低着头回答："重。"

"噢，"文帝颇为不悦，眉毛一挑，厉声问道，"什么原因？"

田元举着手说："陛下杖大如指，捶人三十大板，比得上平常一百多板。所以，许多人一挨打，回去就没命了。"

文帝听了相当不开心，但是还算从善如流。从此庭中不设杖，如果要处罚人，各自交付到应该管理的机关去。

过了没多久，楚州李君才上谏说：“陛下过分宠爱高颎。”

一听此言，文帝怒由心生，就想拿杖捶打李君才，可是殿中已无杖。于是，文帝拿起马鞭对准李君才抽来，直把他活活打死。

文帝喜怒无常，往往不按照法律行事。他最信任的大臣是杨素，而杨素刚好又是一个小人，擅长上下其手，不顾王法。

杨素和鸿胪（lú）少卿陈延有嫌隙，一直想找个机会整一整他。有一天，杨素走过蕃客馆（外来蕃客到长安时居住的旅馆），见到庭中有一堆马屎，而仆人们正趴在毛毡上大赌特赌，呼幺喝六，乐得都忘形了。蕃客馆正好是陈延所管的，杨素乘机报告文帝，文帝下令把所有赌博的仆人一律处死，陈延也被打得半死，奄奄一息。

凡是蒙骗文帝的臣子，很少逃得过这一关的。一次，文帝派遣屈突通到陇西地方去察看牧马。屈突通回来报告，说是他们偷偷隐匿了两万匹骏马。这还了得！文帝气得立刻要斩掌畜牧之政的太仆卿，以及监牧马之官，一共要杀掉一千五百人。

屈突通，选自《历代名臣像解》。

屈突通上谏曰：“人命关天，陛下为何要因为几匹畜生的缘故，杀死一千多人。臣愿意冒死请求陛下重新考虑。”

文帝不说话，瞪着一双可怕的眼睛在冒火儿。

屈突通又在地上重重地叩了个响头道：“臣

本该死，乞求陛下赦免一千多条人命。”

大概是屈突通的诚意感动了天听，文帝终于感动觉悟了：“朕之不明理，以至于此，今有赖于卿之忠言耳。”于是把一千五百罪犯减刑，更将屈突通拔擢（zhuó）为左武侯将军。

当然，此事并不足以减少文帝猜忌之心。他为了防止臣下贪污，想出一个好主意，他派人拿着大把钱帛去试探臣下，看看他们会不会收下红包。如果哪个人竟然收下了，立刻斩首，绝不宽贷，这简直是诱人犯罪。

以文帝这种性情，他对与他一起打天下，有过汗马功劳的臣子当然特别不放心，所以朝廷里人人自危。

其中有个功臣叫王世积者，腰有十围，容貌魁梧，作战极有功劳，被任命为上大将军。他知道文帝气量狭小，专好猜忌，眼看朝中功臣一个个不得好死，为求自保开始纵酒，绝口不谈时事，想要置身事外。

没有想到，文帝听说王世积生了酒疾，竟然命令他搬到宫里来住，让御医为他治疗。王世积其实酒疾不深，万一被御医看了出来，被文帝发现这个小子乃有心欺上，小命也就难保了。所以赶快奏称，业已不药而愈。

于是，王世积被任命为凉州总督。结果，不出其所料，又因为文帝的猜忌之心被杀。

因为文帝的猜疑心特别重，他底下的官吏不敢作任何决定，惟恐不合皇上的心意而被治罪。文帝也的确不放心手下人办事，事无大小，样样自己来。所以文帝每天忙到三更半夜，依旧忙不完。但是他虽然能干，毕竟不是全能，日理万机，难免有不少错误。

因此，房彦谦悄悄对人说：“主上性多忌刻（kè），不肯接纳谏诤，实行苛政，不识大体。目前天下虽安，我很忧虑危乱不远了。”

房彦谦是唐代名相房玄龄的父亲，他说此话不是没有道理的。

独孤皇后善妒

隋文帝的夫人独孤皇后是历史上有名的悍妻，文帝的惧内及独孤后的妒心是流传极广的故事！

独孤后是河南洛阳人，北周大司马、河南公独孤信之女。独孤信见到隋文帝杨坚相貌不凡，生有奇表，因此把爱女独孤氏嫁给文帝。那一年，她才十四岁。

结婚以后，夫妻之间感情很好。古代的男人多有三妻四妾，尤其是官高位隆者。但是杨坚答应他的妻子，永远不与其他女子生下儿子。

独孤后的姊姊嫁给周明帝，她自己的长女又为周宣帝的皇后，一门显赫，无人比得上。但是独孤后谦卑柔顺，人人夸奖。

后来，杨坚正式想篡位北周，独孤后派人悄悄告诉他："大事已然，如骑虎难下，勉之，勉之。"杨坚受到鼓励，更加拿定主意，灭掉北周，建立隋朝，立夫人为皇后。

那时，隋朝声威远播，突厥想和中国做生意，派人送来一箧（qiè）明珠献给独孤后，每一颗都晶莹光润，闪闪耀目，共值八百万。但是独孤后却没有收下，她说："这些东西并不是我所需要的。当今戎狄作乱，侵犯边界，将士们十分辛苦，不如把此八百明珠赏给有功之人。"文武百官听说之后，都对独孤后钦佩感激不已。

文帝每次上朝，独孤后总是同乘车辇（niǎn）而来。他们两人对政事的看法总是一致，情投意合，宫中称之为“二圣”。

独孤后虽然受宠，却并不想把娘家的势力引入宫中。一次她的远房兄弟犯了罪，依法应斩首，文帝原想因为皇后的关系，赦免他的罪，但是独孤后竟说：“国家之事，岂可顾念私情。”这些都是独孤后的贤慧之处。但是她的嫉妒之心，却让文帝很难忍受。

由于宫中内外，人人知道独孤后的醋味重，没有谁敢为文帝献上美色。可是有一回，文帝在仁寿宫偶然发现一位年轻女子，又美又娇，可爱极了；打听之下，原来是大臣尉迟迥的孙女，立即纳入宫中。

独孤后一看，怎么来了如此一位美人儿，妒火上升，酸气冲天，一刻也不能忍耐。尤其看到文帝对着小美人笑眯眯的神情，更叫独孤后咽不下这口气，竟然趁着文帝去上朝的时候，偷偷派人把新宠杀了。

等到文帝退朝，回到宫中，讶然发现心爱的人香消玉殒（yǔn），气得说不出话来。人都死了，吵也没用。文帝像风一般冲出户外，骑着快马向山谷中奔去，一任快马在荆棘树林中奔驰。

大臣高颎、杨素在后面猛追，一直追了快二十里才把文帝追上。拉着文帝的马，苦苦劝谏。文帝颓然地叹了一口气：“吾贵为天子，不得自由。”

高颎正色地提醒文帝：“陛下岂能因为一个妇人的缘故而舍弃天下。”

文帝这才勒住马缰，坐在马上默默沉思。一直到三更半夜，才在高颎等的苦谏之下回宫。这时，独孤后跪在地上，一再流涕忏悔，文帝也就原谅了她。

当然，独孤后心里绝不会后悔杀了人。自此之后，在独孤后生前，文帝一直不敢亲近美色。

独孤后不但恨透了妾小，甚且连臣子、儿子的姬妾她也一起恨上。

大臣高颎年老丧妻。独孤后知道了，对文帝说："高仆射垂垂老矣，而丧夫人，晚境乏人照料，陛下何不为他再娶一夫人？"

文帝把这层意思转告高颎，准备为高颎物色适合的人选。

不料，高颎婉拒了文帝的好意。他流着眼泪说："臣今已老，退朝之后，只想一个人在斋居中念念佛经，图个清静。谢谢陛下的垂爱，另纳一妾，非臣所愿。"

文帝把这番话转给独孤后听，独孤后大为赞赏，直夸高颎品德高洁，不是好色之徒。

过了没有多久，高颎的爱妾生下一个男孩。老年得子，高颎万分高兴，文帝也为他庆喜，连忙把好消息告诉独孤后。

哪知，独孤后一听，脸色马上阴沉下来，一连几天都拉长着一张脸，对高颎颇为不谅解。文帝觉得好奇怪，人家得了一个儿子，又何必因此生气。

独孤后翻了一个白眼道："噢，陛下还准备继续信任高颎啊？这个老家伙，明明心疼爱妾，所以不想再娶，所以当初才欺骗皇上，说什么念佛经，现在诡计已经揭穿了，你还相信他？"

从此，文帝逐渐疏远高颎。总之，独孤后恨透了妾，凡臣下纳妾生子，她都会河东狮吼大发脾气。妒心本亦为常情，但是管到别人家里去，未免过分。由于独孤后的奇妒，改写了隋朝的历史。

杨勇爱好奢侈

隋文帝的皇后独孤皇后生性奇妒。因为这个原因，文帝有五个儿子杨勇、杨广、杨俊、杨秀、杨谅，都是独孤后一人所生。我们要先讲大儿子杨勇的故事。

杨勇是文帝的长子。在文帝还没有篡周以前，他被封为博平侯。等到文帝当上皇帝，杨勇被立为皇太子。军国政事及被判死刑的大罪，都由杨勇参决，很得文帝的信任。

隋文帝认为山东流民太多，有意把他们迁移到北方充实边疆，防御外患。杨勇知道了，上谏文帝："恋土怀旧为人之本性。以前周朝时代，人民多有流亡，不是厌弃家乡，实在是迫不得已。加上去年三方逆乱，疮痍（chuāng yí）尚未平复，应让人民有休养生息的机会。"

隋文帝览后，十分嘉奖杨勇的仁厚，就照杨勇的意思办理。以后政治上有任何不便民之处，杨勇都会提出意见，而文帝每每接纳他的意见。

为此，文帝相当自得，他曾经对臣下夸耀道："前代君主，因为宠爱妃嫔，连带着常有废掉太子之事。朕别无其他姬侍，五个儿子都是一个母亲所生，可以说得上是同父同母的真正兄弟。哪里像前代的君主有许多宠姬，各为自己所生的儿子争来夺去，此为亡国之道也。"

言下不胜得意之至。但是五个亲兄弟是不是就此相安无事呢？

倒也不见得。

杨勇颇为好学，词赋都作得不错，性情宽仁和厚，自然而任情，不喜矫揉造作，结果毛病就出在这里。

在《一袋干姜》之中，我们说过，文帝是一个相当小气吝啬的君主，连炒菜用的姜片都舍不得用。有一次，他看到杨勇穿着一件铠甲，上面画了不少精细的花纹，漂亮又威武，文帝立刻皱紧了眉头。

原来蜀国人精于制造铠甲，蜀铠之精美天下闻名。而杨勇竟然在蜀铠上还再加以修饰，如此的考究，使得俭朴的文帝非常看不顺眼，把杨勇唤来教训一顿："自古以来，没有任何一个帝王性好奢侈而能国祚（zuò）长久者。你身为储君，应当以俭约为重，才能够奉承宗庙，知道吗？"

接着，文帝拿出一件破旧不堪的衣服，一把已经生锈的宝刀交给杨勇："这都是我以前用过的，你时时拿出来看一看，以自警戒。"

然后，文帝又拿出一小罐腌菜与豉（chǐ）酱，严肃地说："这可是你以前在周朝当兵时，经常下饭的小菜。不要因为当了皇太子，把过去的日子忘得一干二净。"

过了不久，正逢冬至，百官纷纷到东宫去朝见杨勇道贺。文帝知道了问朝臣说："听说最近过冬至，内外百官，相率朝东宫，是何礼也？"

太常少卿辛宜对曰："到东宫是贺节，不能称之为朝。"

文帝火冒三丈道："过节道贺，二三十个人去即可，为什么要用征召的方式，百官云集，东宫简直毫无礼制。"于是颁下诏令："君是君，臣是臣，不可相杂。皇太子虽为储君，仍然只是个臣子，百官朝贺东宫等事，应该停断。"文帝认为自己还没有死，太子竟然如此嚣张，大为不该。

从此，文帝渐渐不喜欢杨勇，臣子们也看出父子之间有点不对头。

刚好，文帝正要挑选卫士侍候左右，把东宫一些强健有力的卫士都挑走了。大臣高颎上谏，认为太子所居之处宿卫太弱，恐怕不太好。

文帝的疑心病又犯了，他说："我常常需要外出行动，宿卫必须要雄强勇毅者，太子住在东宫，左右何必有好武功？"

糟糕的是，杨勇这位太子非但渐渐得不到父亲的宠爱，更为母亲独孤氏所嫌恶。

在上一篇《独孤皇后善妒》之中我们说过，这位皇后醋劲奇大，非但不准自己的丈夫宠妾，连臣子宠妾也要加以干涉。

偏偏杨勇生性风流，内宠甚多。独孤氏为他娶的正妃元氏，性情呆板，杨勇对她毫无感情，特别疼爱另一个叫云昭训的小妾，使得独孤皇后大为不悦。

过了没多久，元妃竟然生了心脏病暴毙，独孤皇后更加不开心；她甚且怀疑其中有阴谋，对杨勇颇不谅解。

从此以后，东宫由云昭训掌权，生下长宁王俨、平原王裕、安成王筠。另有高良娣生下安平王嶷（yí）、襄城王悟。王良媛也生下高阳王该、建安王韶。成姬生下颍（jiǒng）川王煚（jiǒng）。

独孤皇后最恨姬妾生儿子，大臣高颎妾生子，她尚且劝文帝不可再信任高颎，自己的亲生儿子竟然毫不体谅母心，一口气让内宠生下这么多的儿子，实在把独孤皇后气得吐血。

加上云昭训的父亲为要拉紧关系，经常出入东宫漫无节制，而且每次都携带奇服异器，以求悦媚杨勇。这类消息传入宫中，文帝气杨勇不知节俭，独孤皇后怨杨勇专宠内妾，因此父亲母亲都不满太子的作为，杨勇这个太子可就难当了。

杨广弄断琴弦

隋文帝的太子杨勇，因为性好奢侈，宠爱姬妾，惹得文帝夫妇极为不悦。

这个消息传出之后，文帝的第二个儿子晋王杨广大喜，认为机会来了。

杨广生得异常英俊，从小聪明伶俐，文帝及独孤皇后在五个儿子之中，一向特别偏爱他。我们在前面《胭脂井》那篇故事中说过，当隋军攻克建安以后，杨广派人指示务必留下长发美女张丽华。结果，性情耿直的大臣高颎以张丽华是祸水为理由，还是把她杀掉了。为此，杨广十分生气，直嚷有仇不报非君子。

从这件事看来，杨广实在是一个好色之徒。但是杨广知道其母独孤皇后最忌讳此，所以装着对女色没有兴趣，日夜只与萧妃一人在一块儿。

说起萧妃，这是文帝亲自帮他挑的王妃。萧妃性情婉顺，有智识，而且还会占卜吉凶祸福，所以文帝对这个媳妇满意极了。

独孤皇后看到杨广不近姬妾，正合她的心意，到处向人夸耀杨广的贤良。杨广工于心计，朝廷中的大臣，他无不倾心结交，争取旁人的好感。

不但如此，杨广知道底下奴才虽然没有地位，却最喜欢传递消息，搬弄口舌，所以杨广对仆人也十分客气。

每一次文帝或皇后派人到杨广处，不论来人是贵是贱，是宦官还是宫女，杨广总带着萧妃站在门口迎接。

下人们受到如此隆重的欢迎，受宠若惊，手足失措。然后，杨广又特别准备了美酒佳肴（yáo）款待，临走之前更送一份厚礼。宫人们拿了好处无以回报，只有到处广播宣传，赞扬杨广夫妇，当然一部分也是炫耀自己受到礼遇。这些赞扬的话，自然而然也传到了文帝的耳中。

有一次，文帝携独孤皇后到杨广住处造访。杨广赶紧预先布置，把长相娇美的姬妾藏匿起来，免得母亲大人看着美女不高兴；命令宫人换上没有花纹的衣服，甚且连屏帐也改用缣（jiān）素的布面。杨广还故意把琴弦拉断，再撒上一些尘埃，表示多时未用。

等到文帝夫妇进来之后，独孤皇后看到姬妾无不又老又丑，面孔漆黑，马上笑容满面，因为她最见不得美妾。文帝则发现房中布置朴素到近乎简陋，也露出了满意的笑容。回去以后，他俩见到臣子当然又是夸赞杨广不已，底下的人也纷纷拍马屁，说是皇帝的福气。

文帝这个人特别相信算命的，他悄悄地找了一位相士来观察五个儿子的面相，然后问道："怎么样？"

这位相士别的都不说，只道："晋王广眉上双骨隆起，贵不可言，贵不可言。"

听了相士的铁口直断，文帝又问上仪同三司韦鼎道："我五个儿子之中谁得嗣位？"

"至尊与皇后所最爱的是哪一个，当然就是他该嗣位，非臣所敢预知也。"韦鼎谨慎地回答。

文帝笑骂道："你是故意不肯明白地说出来。"

如今，上上下下都知道文帝夫妇钟爱杨广；加上杨广做人周到，长相英俊，学问又好，敬接朝士，卑躬万分，人人夸赞他仁孝。

此时，杨广被任命为扬州总管，当他要出任扬州之前，到宫中去拜别独孤后，伏在地上哭得两眼肿得像桃子，独孤皇后更是哭得窸（xī）窸窣（sū）窣。

杨广哭声暂歇，对独孤皇后诉说着：“臣才愚昧卑下，谨守着兄弟之间的情谊。但不知什么地方，得罪了东宫太子，他对我常抱着盛怒，所以臣十分忧虑，担心哪一天会被杀害。”

说着，说着，杨广又呜咽地哭了，哭得全身发抖。

独孤皇后看看杨广又乖又可爱，而且不近声色，真是个好儿子。可惜不是太子，心中又早已懊恼万分，现在听说太子竟然要加害她的心肝宝贝，这还了得吗？

“哼，太子未免越来越叫人不堪忍耐了。想以前我为他娶了元氏女，他竟然不以夫妇之礼相待，专宠阿云，对待元妃比对一条狗一只猪还不如。结果元妃被他们害死，我呢，也没办法深究此事。怎么他又想到要害你了！”

说到一半，独孤皇后的醋味又涌上来了：“我每次想到东宫没有正嫡，等到皇帝千秋万世之后，你们兄弟竟要向阿云那妾下拜问安。我的天啊，那是世界上最痛苦的事啊……”

杨广知道母后推己及人，恨透天下姬妾，立刻加油添醋挑拨一番，母子两人哭得昏天黑地。

至此，独孤皇后打定主意，想要废杨勇，立杨广为太子。

杨素暗助杨广

在上一节《杨广弄断琴弦》之中，我们说到杨广善于做作，工于心计，使得隋文帝以及独孤皇后误以为他不近声色。

但是，太子是国之储君，废太子乃国之大事也。杨广若想挤掉太子杨勇的位置，还不是一件容易的事。

杨广苦思许久，想不出什么好办法，于是杨广找来安州总管宇文述共谋对策。

宇文述沉思了一会儿道："皇太子失去钟爱已经有相当的一段日子，他有什么美德，天下都不知道。而大王您以仁孝著称，才能盖世，南平陈朝，北伐突厥，屡次建立大功，皇上及皇后都疼爱大王，四海之望，亦归大王。"这番话说得杨广眉飞色舞。

"不过，废旧立新，国家大事，不容易更改。今天能够改变皇上意志的，那只有杨素一人；而杨素不喜与他人交往，凡事只与其弟杨约商量。我和杨约的交情很深，也许能说动杨约。"宇文述小声地说。

杨广一听，大为高兴，马上搬出一箱金银珠宝，拜托宇文述："一切都仰仗述兄了。"

杨约当时担任大理少卿的职务，他的哥哥杨素每次要有所行动，都先与杨约商量以后才决定。

宇文述常常请杨约到家里来玩、吃饭、喝酒。酒酣（hān）耳热之后，总以赌博消遣。

杨约的赌技不精，却连战皆胜。其实是宇文述假装不敌，故意放水，然后大呼：“哎呀，又输了。”一次又一次，把杨广给他的一箱珠宝，全部都输给了杨约。

杨约得到了这许多稀世宝贝，乐得什么似的，再三向宇文述道谢。

“不必谢我，这都是晋王杨广所赐，他希望你玩得痛快。”至此，宇文述才亮出底牌。

“噢，晋王所赐，无功不受禄，他为什么要如此？”杨约大吃一惊。

宇文述把杨广希望杨素帮忙的意思透露给杨约，然后劝道：“守行正道，固然是为人臣者的道理。然自古贤人君子，无不利用时机，以避祸患。你之兄弟执掌朝中政事已经好多年了，朝廷里上上下下因你们而受到屈辱的，数都数不清，连太子的要求都经常为令兄所打回。令兄虽然为今上皇帝所信任，可是痛恨令兄的不在少数。万一哪一天皇帝有所不幸，弃群臣而去，那个时候，又有谁能庇护令兄？现在的皇太子失爱于皇后，皇上也屡次有废太子之意，如果令兄请立晋王杨广为太子，建立了大功，晋王一定永铭骨髓，你家的家业当可稳如泰山。”

杨约听后，考虑了半天，想到他的同父异母之兄杨素，在朝中确实结了不少仇，和太子勇也合不来，如果文帝一旦崩殂（cú），确实有担心的必要。当下即答应了宇文述的要求，立刻去见杨素。

由于杨约性情沉静，不喜多言，却又心怀谲诈，杨素一向言听计从。当杨素听完杨约所言，抚掌大笑道：“我的智慧思虑还没有想到废立之事，要不是你点了我一下，我还在做梦哩。”

“如今皇后所说的话，皇帝无不听从，兄应利用机会，早日把此事办妥，则长保荣禄，传之子孙。兄若稍加迟疑，一旦有变，太子勇即位，恐怕就要大祸临头了。”杨约又跟着叮咛一番。

过了几天，杨素赴宫中宴会，故意用话套独孤皇后：“晋王孝悌（tì）恭俭，恰似皇上。”

独孤皇后一听，立刻滚下泪珠，滔滔不绝道：“你说得一点也不错，我那个广儿真是太孝顺了。每次我派婢女去，他都陪着婢女吃饭聊天。哪里像太子，成天只晓得与阿云对坐酣饮。”说到此，独孤皇后眼中一道怒火。她气量奇狭，非但痛恨文帝的姬妾，天下姬妾都在痛恨之列。每次念及杨勇不理正妃，专宠姬妾，简直是心痛如绞。

“我还担心太子想杀广儿呢。”独孤皇后想起了杨广告的状。独孤皇后的心意既然表明了，杨素就加油添醋说了一大堆太子勇的坏话。独孤皇后掏出一些金子，交给杨素，命他想办法废去太子勇。

太子勇也听说此事，忧虑万状，又不知该如何是好。他知道父亲文帝不高兴他的奢侈，于是脱下了华服，在后边园子里盖了一座庶人村，房中布置极为简陋。杨勇时常在其中休息，希望用布衣、草褥（rù）来改变文帝对他的印象。

文帝也知道杨勇心中不安，特别派遣杨素到东宫去观察太子的言行，看看他是否改好了。

杨勇知道杨素是杨广那一边的，为了给父亲留一个好印象，杨勇穿戴整齐，在宫门口等待杨素。

谁知道杨素存心找麻烦，明明知道太子在等，故意迟到半天，想要激怒太子勇。

太子等了又等，实在火大了，心想堂堂太子之尊，杨素未免太过分了。因此当杨素终于进来时，太子的脸色不太好看。杨素就逮住这点回报文帝：“太子心中充满了怨恨，恐怕会有变乱，需要防范生变。”

文帝知道杨素与太子不合，怀疑这是杨素毁谤，不怎么相信杨素的话。太子杨勇会不会被废呢？

杨勇上树呼救

自从杨素用计，诋毁太子杨勇以后，杨勇的地位更加地不稳。

懂得观察情势的人知道杨勇有被废的可能，纷纷乘机进言。太史令袁充便对文帝上言："臣观察最近的天象，皇太子当废。"

文帝鼻孔里哼了一口气道："天象早已显现，只是群臣不敢言罢了。"

狡诈的杨广又派人买通了太子杨勇宠臣姬威，命令他窥伺太子的动静，然后密告杨素，并且对姬威利诱与威胁兼施道："东宫太子的过失，皇上老早一清二楚，已经决定废掉太子了。你如果能多帮忙，必定能够大富大贵。否则，后果严重。"

姬威在软硬相逼的情况下，也顾不得什么忠诚，只要有任何芝麻绿豆般的小事，立刻飞报杨素。杨素又乱造谣言，四处传播，杨勇的名誉一天比一天更坏。

到了秋天，文帝由外地返回京城，对左右侍臣说："我新还京师，应当开怀欢乐，不知道什么缘故，益发悲伤愁苦。"

臣子牛弘（hóng）磕了一个响头道："臣等不称职，使陛下愁劳，罪该万死。"

文帝狠狠瞪了牛弘一眼，不再吭声。文帝的意思是，希望臣子说出因为东宫太子不肖，使得他不悦；没想到牛弘不会察言观色，说的话风马牛不相及也。

于是，文帝长叹一口气："东宫离此不远，我每回返京师，他为何器仗宿卫戒备森严，好像如临大敌。昨天晚上我闹肚子，准备随时上厕所，住在后头的房间，却又害怕有紧急情况，又搬回前殿居住。你们看，这是不是东宫欲加害我的前兆？”

文帝的疑心病又犯了，把太子左右执事的人叫来审问。

然后，文帝把杨素找来，问他道：“我派你去观察东宫，结果如何？”

杨素老早编造了一段陷害的话，他一清喉咙道：“臣奉命要皇太子检校刘居士的余党，刘居士以前曾造反被杀了，可是余党仍存。太子奉诏，竟然脸色大变，奋眉厉目，全身骨头都气得发抖对臣道：‘刘居士的余党早已伏法，要我到哪儿去穷讨。你身为右仆射，职位不轻，自己不会办事？这件事与我何干？’太子又抱怨道：‘以前父亲受周朝禅让之时，万一事情不成，我这个做长子的一定第一个被杀。现在父亲当上天子，竟使我凡事不如诸弟。’”

杨素，佚名绘。

杨素挑拨一番之后，果然，文帝气得脸红脖子粗，怒声骂道：“这个小子不堪承嗣皇位也不只一天了，皇后早就劝我把他废掉。我呢，因为他于我在布衣时所出生的，年龄又居长，总希望他能够改过，一直舍不得，隐忍到现在。以前他的元妃暴毙，我就怀疑其中大有问题，而他的儿子生下来以后，我和皇后疼孙子，抱回来几天，他竟派人来取，多气人啊。而且现在所宠的云昭训出身不好，也很糟糕。像以前晋太子娶了一个屠夫的女儿，生下的儿子就爱屠宰之事。唉！如果继承非其人，便会使国家大乱。”

文帝愈想愈觉得太子可恨到了极点，当下决定：“我虽然不如古代尧舜明君，却还不至于把天下交此不肖子，今欲废之，以安天下。”

左卫大将军元曼等纷纷上谏：“废立大事不可轻行，否则后悔莫及。”

文帝说：“噢，那么请听太子身边的臣子姬威所说的吧。”

姬威既已被杨广收买，立刻讲了许多太子杨勇的坏话，并且说：“皇太子常对我说，想从樊（fán）川到散关，方圆数百里，规划为御苑，尽情享乐。皇太子又说：‘从前汉武帝时建造上林苑，东方朔（shuò）谏诤（zhèng），武帝赐东方朔黄金百斤，多么可笑，我才不会赐给这些家伙金钱，如果有谏诤的人，正好可以把他斩了，杀他个百多人，自然再也不会有人谏诤了。’太子东宫之内常有一些过分的要求，尚书多依据规定不给东宫，太子就怒骂道：‘仆射以下，我会杀一两个人，让大家知道不听我的话的后果。’”

姬威又接着说，太子还找了巫婆、姥姥占卜问卦，说皇上应当死在十八年（598年），没多少日子可活了。

文帝一听，泪珠滚滚而下道：“你们看看，谁非父母所生？竟有此忤逆子。我最近在看齐朝的历史，看到高欢纵容儿子的那一段，不胜悲愤，我可不能学他。”

在此以前，杨勇有一日散步，发现一株老槐树，盘根错节，十分巨大，太子问道：“这做何用？”

“古槐可以用来取火。”旁人答道。

当时的卫士都身佩火燧（suì，即点火用的材料），既然古槐易于着火，杨勇命令左右造数千枚火燧，放置在太子东宫库房中。杨素奉命去查杨勇有心造反的证据，便把火燧算在内。杨素又发现太子杨勇养了一千多匹马，以此责问太子。杨勇颇不服气道："我曾听说杨公你家里养了数万匹马，我忝（tiǎn）为太子，不过一千匹马，比你少多了，这也算造反吗？"

当然，杨素还是把此话转给文帝，表示杨勇心怀不轨。更把东宫之中的服饰玩物全部陈列在庭上，拿给文武群臣观看，并以此刺激文帝及独孤皇后，因为这对夫妇最为俭省小气。

文帝盛怒之下，命令召太子勇来，自己则全身戎装，左右站满执刀卫士。到了武德殿，令文武百官立于殿东面，皇室亲戚立于殿西面，太子勇和其他儿子立于殿中，文帝命薛道衡当众宣读圣旨，宣布将太子勇废为庶人。

杨勇被废，杨广如愿以偿被立为皇太子。文帝囚杨勇于东宫，命杨广看管。杨勇无罪被废，满心委屈，屡次想到父亲面前申诉，都被杨广阻拦。有一天，杨勇爬到东宫的树顶上大声呼叫，声音传到内宫，凄惨无比。文帝惊讶地问："怎么一回事？"

杨广回答："杨勇发了神经病，大概是恶魔附身，不可救药。"文帝从此不加理会，可怜的杨勇仍然抱着大树哀哀痛哭。

杨俊杨秀，难兄难弟

隋文帝杨坚一共有五个儿子——杨勇、杨广、杨俊、杨秀和杨谅，五个儿子都是独孤皇后一人所生。因为她醋劲极大，把文帝管得很紧，所以文帝不敢亲近宫中美色。

文帝当初认为，五个儿子均为一母所生，应该相亲相爱。不料狡诈的杨广利用计谋，使文帝废掉太子杨勇，改立他为太子。文帝还沾沾自喜，庆幸皇位得人哩。这回我们要讲老三杨俊与老四杨秀的故事。

杨俊被封为秦王，自小心肠极软，充满慈悲心怀，崇信佛教，舍不得杀生。当他十三岁的时候，曾经有过一个念头，想要出家当和尚。

文帝认为这是小孩子胡闹，没有答应他的请求。或许是宫廷里优渥（wò）的环境容易使人腐化，等到杨俊渐渐长大，染上了奢侈的坏习惯，也不再考虑人民的疾苦了。

杨俊的宫室富丽堂皇，但他还是不满足。加上杨俊颇有艺术眼光，又有巧思，他每每自己抡起斤斧，东敲一下，西琢一番，便造成一件极为精巧之器具。他为心爱的妃子造了一座水上宫殿，四周墙壁涂满了香粉，玉砌金阶，奢侈豪华；每两座梁柱之间，铺上明镜，镶满珠宝，真是美丽极了。宫成之后，杨俊时常率领着宾客女伎在水殿上通宵玩乐。

杨俊的妻子崔妃个性极妒，与独孤皇后不相上下，眼看杨俊如此宠爱内妾，心中愤愤不平。于是，当杨俊难得回宫时，崔妃进上一盆瓜果，瓜中染有剧毒。可是大概杨俊吃得不够多，竟然没有被毒死，只是病倒了。

文帝听说杨俊奢纵，十分不满，把杨俊的官位（当时杨俊担任并州总管）给免了。左武卫将军刘升上谏："秦王并没有什么其他过错，只是浪费官物营建宫室而已，臣以为此可宽容。"

"法不可违背。"文帝冷冷地回答。

大臣杨素也为杨俊说情："秦王的过错，不应该遭到如此的处罚，愿陛下详查。"

"我是五个儿子的父亲，用不着你们啰嗦，否则何不另外制订一个天子儿律？以古代周公的为人，尚且杀掉作乱的管叔、蔡叔两兄弟，我虽然不及周公，也不能违法。"文帝还是坚持要处罚杨俊。

杨俊被崔妃下了毒，身体日益亏损，文帝很生气地骂道："我努力创此大业，希望臣下为我守之；你是我的儿子，竟然要败我家业，我简直不知该如何责备你才是。"

被父亲一吼，杨俊的病更重了，没多久就魂归西天。文帝余怒未消，把杨俊所有一切的侈丽物品统统烧得精光。杨俊王府里的僚佐呈请为杨俊立碑。文帝当场顶了回去："想要求名，只一卷史书足矣，何必用碑。子孙若不能保家，此碑徒然给人用来当镇石。"

老四杨秀被封为蜀王，个性又和杨俊不相同，他胆识极大，容貌威武，长着一把漂亮的美髯（rán），武艺十分高强，朝廷里的臣子看到杨秀都心怀畏惧。文帝时常对独孤皇后道："杨秀这个孩子，必然不得善终，我在位时当无虑，等到他兄弟在位时，一定会造反。"

等到太子杨勇因谗言被毁废，杨广被命为皇太子，杨秀十分清楚这是怎么一回事，很为太子杨勇打抱不平。

杨广惟恐老四杨秀坏事，偷偷做了一个木偶人，上面写着："请西岳慈父圣母神兵，收杨坚、杨谅神魂。”（杨谅是文帝第五个儿子），并且把木偶埋在华山。

然后，杨广派人到华山把木偶挖了出来，呈献给文帝，说是杨秀干的。文帝看了勃然大怒，亲生儿子竟然咒他早死，而且这个木偶缚其手，钉其心，一副可怕的形状，文帝看着寒毛直立。我们中国人一向最忌讳这种暗中诅咒的事，而做皇帝的人，享尽荣华富贵，最为贪生怕死。因此，杨广这一招的确是心狠手辣，卑鄙已极。

紧接着，杨广又诬告杨秀造反，甚且假造了一张杨秀造反的檄（xí）文，上面写着：“逆臣贼子，专弄威柄，陛下惟守虚器，一无所知。”这句话的意思是朝廷里乱臣贼子当权，而做皇帝的，像个笨蛋似的，只晓得呆呆守着皇位，丝毫不知情。

文帝看了，更是怒火冲天，他气呼呼地说：“以前，杨俊浪费国家财物，我以为父之道教训他，现在杨秀蠹（dù）害生民，应该用君道加以制裁。”

开府庆整劝谏道：“庶人杨勇已废，杨俊已死，陛下剩下的儿子已经不多，何必到此地步？何况蜀王性情耿介，今被重罚，恐怕不能保全性命。”

“哈，我要拔断你的舌头。”文帝大呼道，然后转头下达命令，“当斩秀于市场以谢天下百姓。”

可怜的杨秀莫名其妙被关了起来，上表给文帝说：“臣以愚钝，误陷刑网，后悔莫及，惟希望与爪子相见一面。”

爪子是杨秀爱子之名，文帝答应他的请求，却又下诏将杨秀痛责一番，废为庶人，并且将杨秀终生禁锢（gù）。

杨谅是隋文帝第五个儿子，被封为汉王，开皇十七年（597 年）担任并州总管，从华山以东到海，南至黄河，共五十二州都受杨谅的管辖。由于文帝喜爱杨谅，诏令杨谅可以全权处理辖区内的事务，俨然像个小皇帝。

太子勇被废，杨谅知道是受到冤枉的，内心常有一种恐慌的感觉，杨谅掌管北方的边防，手下又有强大的军队，于是便暗中计划谋反。等到蜀王杨秀被废，杨谅也知道那是杨广设计陷害，内心更加不安，惟恐杨广下一个要陷害的人轮到自己，便发兵反叛。文帝派杨素率兵讨伐，杨谅大败，投降，文帝不忍心杀杨谅，便下诏废为庶人，终身囚禁。

文帝生了五个儿子，到最后，除了杨广之外，四个儿子都被废为庶人，真是难兄难弟。

杨广露出了狐狸尾巴

自从太子杨勇被废，次子杨广登上太子宝座以后，隋文帝以及独孤皇后都很高兴，深庆国家以后得以有一位明君。在他两人心目中，杨广不但节俭成性，酷似文帝，而且不近美色，深得独孤皇后的宠爱，实乃不可多得的继承人。

在文帝仁寿二年（602 年）八月间，独孤皇后因病去世。杨广听到消息，当场昏厥过去。以后在文帝及宫人面前，杨广数次因哀恸（tòng）过分，哭得过猛，气都喘不过来，看起来真是可怜极了。

每一个看到杨广如此悲痛的人，无不为其孝行深情感动。尤其是隋文帝觉得相当欣慰，总算广儿还有良心，独孤皇后到底没有白疼他。

事实上呢，像杨广这种工于心计者，冷酷而自私。他晓得如何在最恰当的时候做最合适的表演，但那只是做作，并非真情流露。所以杨广回到宫中，眼泪一抹，马上嘻嘻哈哈，恰似平常，没有一丝的哀痛。

因为哭丧表演得太过逼真，动了元气，因此杨广特别要求在这一段时间要吃得特别丰富，特别营养。旁人以为杨广此时一定没有胃口，结果刚好相反，他下令每天要进四十两白米，又要最鲜嫩的肥肉、酿鱼肉及肉干，用来补一补身体。

但是遭逢母丧，不仅不吃素，反而大吃大喝，此乃有违常理。而且万一消息走泄，让人家知道孝子的庐山真面目，不只是面子上不好看，惹怒了文帝，把他从太子的宝座上摘下来，这可不是一件好玩的事。

假如不吃这些美味，杨广又馋得慌。急中生智，杨广想出一个好办法：他把这些肉干等塞在竹筒之中，偷偷运进宫内，但是又怕油水太多，味道太香，让人看出破绽。于是，杨广用蜡把竹筒封死，以免油汁外溢。如此一来，杨广得以安心享受他的山珍海味。真是聪明之至。

独孤皇后去世了，没有人可以再管隋文帝，所以隋文帝得以放心大胆地去找宫中妃嫔（pín）。

然而，文帝左拥右抱的好日子没有多久，在独孤皇后去世以后的两年，也就是仁寿四年（604年），文帝自己也染上重病，病倒在仁寿宫之中。尚书右仆射杨素，及兵部尚书柳述、黄门侍郎元岩，都奉召入阁侍奉文帝的疾病。

因为文帝病得不轻，召太子杨广居住在宫中的大宝殿之中，许多重要的军国大事，均由杨广处理。

杨广知道文帝时日无多，着急地打算文帝驾崩以后的大事，惟恐文帝一死，大局难以控制。他就亲笔写了一封信给杨素，商讨文帝归天以后的种种安排。

无巧不成书，杨素写给杨广的回信，竟然被一个不会办事的人送到了文帝的手中。

文帝打开信一看，满纸全是写着在他过世之后，杨广应当如何如何应付的事。文帝气得发抖，如今他才慢慢了解杨广是如何的“孝顺”。

过了不久，又发生一件“太子无礼”的大事！

话说杨广每天都要到仁寿宫中去探望文帝的病，侍奉汤药，表现自己的乖巧。这一天，他又来到了仁寿宫中。不巧正撞到文帝的宠妃宣华夫人更衣外出，露出白腻的颈子，美色当前，杨广心中一

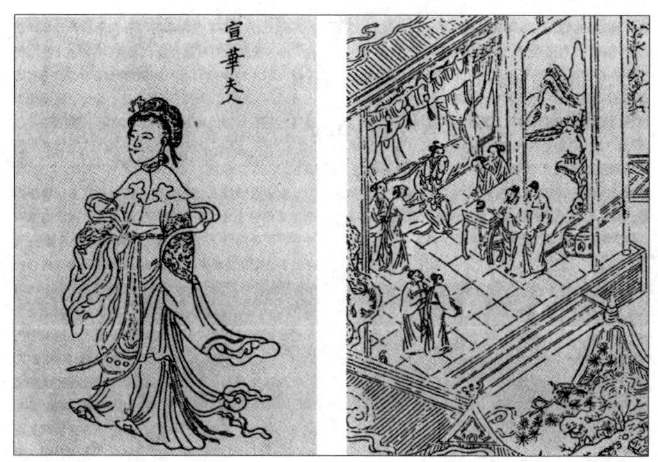

宣华夫人，选自清刊本《说唐演义全传》。右图为隋炀帝即位后，派人送给宣华夫人同心结。

动，忖（cún）想反正文帝已躺在病床上奄奄一息，用不着再扮演“不近声色”的假模样，立刻对宣华夫人扑了过去。

宣华夫人万万料不到貌似恭谨的太子有此一招，吓得花容失色，抓紧了衣襟就往前奔，一路逃到了文帝的病床前面，头发散乱、气喘吁吁，脸上还在冒冷汗。

文帝看着好奇怪，宣华夫人怎如此地衣冠不整，像个惊慌的小鹿似的，心疼地问道：“怎么回事？怎么回事？”

宣华夫人的眼泪夺眶而出，又气又羞地说：“太子无礼。”

“什么？”文帝气得猛捶床沿，“这个畜生如此混蛋，岂能将大事托付给他？”接着又叹息道，“都是独孤后误我大事。”

说着，文帝立刻传令：“召我儿来。”在旁伺候的柳述等，急忙差人去找杨广。

“不是广儿，是勇儿。”原来文帝大彻大悟，要把杨勇重新立为太子，废掉杨广。

柳述慌张地出阁写敕（chì）书，被杨广知道了消息。杨广立即下了一道假命令把柳述等逮捕入狱，派兵包围住仁寿宫，进出宫中都要详细盘查。

然后，杨广派出心腹张衡入宫侍疾。不一会儿，张衡拉杀文帝，血溅御屏，文帝就死在最疼爱的儿子杨广手中。杨广即位，是为历史上著名的隋炀（yáng）帝。

树枝上的缎带花

在上一篇，我们说到隋文帝发现杨广是个伪君子，乘着文帝病危，居然对文帝的宠妃宣华夫人露出狰狞的真面目。文帝气得想要换回原来的太子杨勇，却被杨广发现，先下手为强，悄悄地解决了文帝的性命。杨广终于得到觊觎（jì yú）已久的帝位，是为隋炀帝。

炀帝为着夺取帝位，长期以来假意为善。现在，一切约束都解除了，本性完全发挥出来。

当初，炀帝的母亲独孤皇后认为他不爱美色，温柔敦厚，力主废掉杨勇，改立炀帝。如今，炀帝即位以后的第一件事，竟然是把父亲的宠妾宣华夫人，以及另外一个绝色的大美人蔡氏纳为己有。在历史上，凡是此种事件称之为“蒸报”。

为除后患，在嗣位的同时，炀帝假造了一个命令，赐他的哥哥杨勇死。杨勇的十个儿子，也先后被遣发关外，有的在路中惨遭毒手，有的在到达目的地之后，再派人暗杀。总之，十个儿子全部杀光，不留一个活口。

至于帮助炀帝杀掉文帝的张衡，不久以后被削去官位，放还田里。炀帝并且派人时时监视张衡。后来，大概是长久窥（kuī）伺颇嫌麻烦，竟然以张衡经常诽谤朝廷为名，赐死于家中。张衡临死以前，不服气地大声呼冤：“我为人家做了那种事，还妄想久活吗？”他到底为炀帝做了什么事，倒是不难想象的，无怪乎炀

薛道衡，选自《薛氏江阴宗谱》。隋朝大诗人，诗作《昔昔言》有佳句“暗牖悬蛛网，空梁落燕泥”，隋炀帝深为妒嫉，赐死家中。

帝非要杀掉他灭口不可。

炀帝极有文才，加上自从开皇十一年（591年）之后，他曾经担任过五年的扬州总管，受到江南文风的熏习，笔下功夫不错。但是炀帝好名虚荣，而且心胸狭窄，如果旁人作了几句好诗，他立刻酸气冲天，视之为仇人。

例如朝中大臣薛道衡被处死，炀帝愤愤地道：“哼，看你死了以后还能作‘空梁落燕泥’这种好句子吗？”王胄（zhòu）死后，炀帝也道：“嗯，‘庭草无人随意绿’，这句诗倒不错，你以后还想再作更好的诗吗？”炀帝是绝对不愿意人出其右的。

因为炀帝自认为乃才学之士，所以他曾对侍臣道：“天下人都以为朕乃承祖上余荫而有四海，其实，假如朕与士大夫较量文才，我还是应该当上天子。”事实上，炀帝不但当上天子是因为生在帝王之家，他能够当得上中国历史上数一数二奢侈之君，除了浪费天性以外，也是由于隋文帝的“开皇之治”，造成国家富裕，有足够的财产供他挥霍。

炀帝即位不久，听术士之劝，把京都从大兴（即长安）搬到洛阳，因为大兴对炀帝的命星相克。为了巩固洛阳的防务，他调集了几十万民夫，在洛阳的外围挖了一条很长的壕沟，从现在山西、陕西交界的龙门，到临清关（今河南新乡），南下黄河，再上行到陕西洛南县。使得洛阳北、东、南三边都有深河围绕，沿边并设置重重关防，这条壕沟的长度在两千华里之上。

然后，炀帝派遣杨素及宇文恺主持营建东都洛阳。城中有东、南、北三个市场，和一百零三个平民住宅区的“里”，大兴城和洛阳城可以说是中国历史上计划都市之始。

洛阳城建筑完成之后，成为隋帝国之东都。城既然造好了，里头不能够没有人住。于是，炀帝下命令，将旧洛阳城内的市民，以及各州的富商大贾（gǔ）搬到新洛阳城之内，用以繁荣市面。

根据《隋书》的记载，因为要赶建东都，有十分之四到十分之五的役夫过于劳苦，在工地里病死。如果说每个月要用两百万人力，就有一百万魂归西天，实在相当残酷。

当然，营建东都还有政治上、国防上、经济上的用途。但是，炀帝大兴土木，修建宫殿，纯粹是为着个人的享受。

炀帝在大业三年（607 年）在洛水之上修建显仁宫，下令将大江以南、五岭以北的各式奇材异石，火速送往洛阳，又征求海内嘉木、异草、珍禽、奇兽用来充实园苑。

显仁宫刚刚造好不到两个月，炀帝又要修建西苑。西苑有两百里之广，其内为“海”，实际上是一个大湖，风景宜人，四周有蓬莱、方丈、瀛（yíng）洲三座人工造的假山，每座都有数百尺之高，耸立云霄。古代没有堆土机，都是靠人一担又一担将土石挑上去的。

山上建筑的台观殿阁，无不穷极华丽。沿着渠旁更造了十六个宫院，每院派一位美女四品夫人为主管。洛阳的天气较冷，到了秋冬之际，枝叶凋落，光秃秃的一片十分萧瑟，炀帝即下令用鲜艳的锦绢做成人造花，点缀在枯枝之上，姹紫嫣红，比真的更好看。当然，人造花也有褪色的时候，所以派有专人照料，随时更新，难怪院中“常如阳春”。这大概是日后的缎带花、纸花的鼻祖了。

此后，炀帝几乎年年在修宫殿，耗费人力财力无数。例如洛阳乾元殿的梁柱，每一根都是由南昌运来的巨木，而一根木头要用两千人才拉得动，可见得工程之浩大。

同时，每一座宫殿都有特殊的设计。例如观文殿前垂着锦幔，上头有两个张着翅膀的小飞仙，户外地下装有机关，每当炀帝要进入，前头开导的两个宫人拿着香炉，脚上踩到机关，上头两个可爱的小飞仙立刻飞下，把锦幔拉开，其他如门窗与书橱都设有自动开关，炀帝着实会享受。

修建宫殿需要大笔金钱，农民必然要负担更重的租税；修建宫殿更需要大批人力，力役又非农民莫属。因此，炀帝大兴土木，使得全国怨声载道。

世界最长的运河——大运河

在上一篇《树枝上的缎带花》之中，我们说到，被他的父亲误以为节俭的杨广，自从当上皇帝之后，原形毕露，可以称得上是一个最会浪费金钱，最懂得享受的皇帝。

尽管炀帝将东都建造得美轮美奂，日久不免生腻。于是，他想起江南的美丽风光，江南的富庶繁华，乃至纸醉金迷的生活，日夜思念不已。

于是，炀帝对大臣说："朕想要到江都（今江苏省扬州市）去痛痛快快玩一玩，你们替我计划一下。"

"陛下，"一位大臣道，"江都距离此地甚远，来往不易，恐怕有所困难。"

"这个我知道。"炀帝打断大臣的话，"我想利用淮河与长江的水，修筑一条人工河，从东都到达江都，再由江都向南延长，穿过长江到余杭。"

紧接着，炀帝以江南财物富足，要想巩固隋朝的国运，必须仰赖江南经济支持为名，正式下诏开凿运河。他所开的运河，一共分为三段：通济渠、永济渠、江南河。从大业元年（605 年）开始建造，到大业六年（610 年）完成。此为前所未有的巨大工程。

为着建这条运河，所用的人力无数，男丁不够，连妇女也派上用场。根据唐朝人所写的《开河记》记载，一共用了五百四十三万多人，当工程进行到徐州，已少了一百五十万人，可见得死伤之

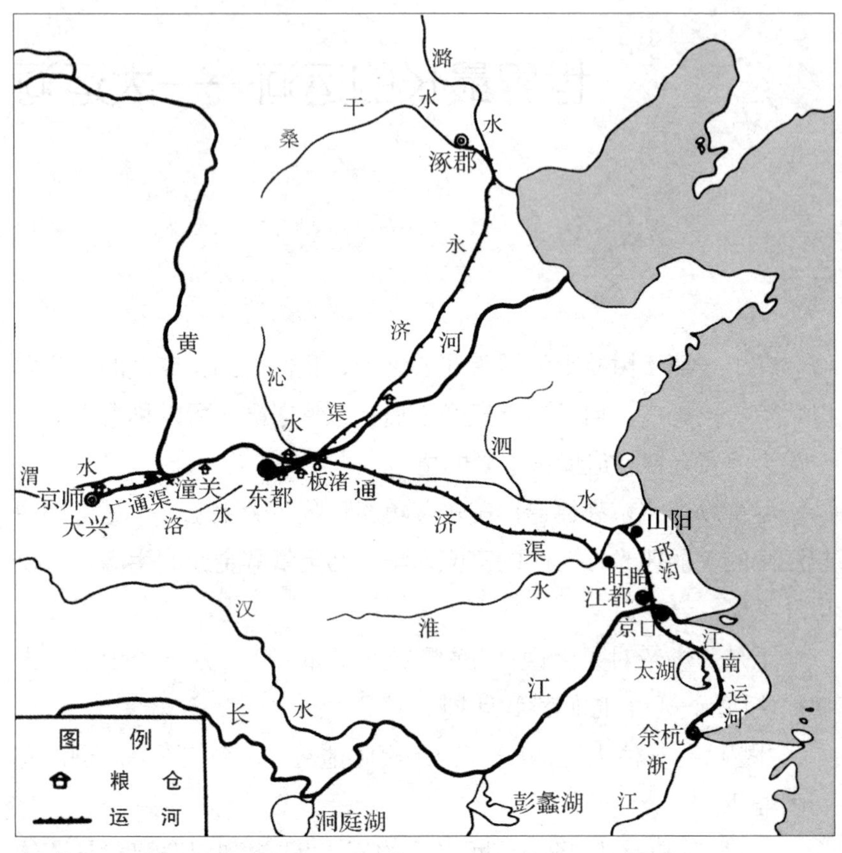

隋京杭大运河示意图。

多。因为官吏催得急，所以工程益发危险，死人都是一车一车载着走。东自荥（xíng）阳，北到河阳，一眼望去，全是载死人的尸车，恐怖万状。

炀帝在大业六年（610年）八月，通济渠建好之后，立刻迫不及待地游幸江都。在没有出发以前，他先派遣官员到江南采办上好的木料，建造龙舟、凤船、赤舰、楼船等等。

龙舟有四层之高，共有四十五尺，长二百尺，中分正殿内殿、东西朝堂，中间的两层共有一百二十个房间，全都是金玉雕饰而成。下边的一层由内侍居住。皇后乘的船称为翔螭（chī）舟，规模比较小，内部的装饰则相同。这还不算，后面还跟着称之为漾彩、朱鸟、苍螭、白虎、玄武、飞羽、凌波、道场、玄坛的数千艘船，载满了后宫诸王、公主、百官、僧尼、道士、蕃客及数以百计的下人，浩浩荡荡。

古代的船没有马达机械，全用人工摇桨，遇到逆水，大船是很难前进的。所以，常常要系一根粗绳索到岸上，由岸上的挽船夫拉着绳索使船前进，炀帝这样庞大的船队要用多少人拉呢？据说有八万人之多，如果是拉龙舟、漾彩等居住贵人的船的拉夫，个个都穿着五彩缤纷的锦袍，称之为“殿脚”。

皇帝出宫，不能没有人保护。所以又准备平乘、青龙等数千艘兵舰护驾，船上有兵器帐幕等精良配备，船头与另一船的船尾相接，总共长达二百余里。远远望去，旌旗蔽野，十分壮观。

带着这许多人南下，吃的用的从何而来？隋炀帝规定：沿途五百里内都得供奉饮食。皇帝驾到，地方官吏岂敢怠慢，自然纷纷献上当地最为名贵的土产，有的州竟然献上了一百车的食物，每一样都是水陆珍奇，人间美味。食物太多了，没法吃完，因此不免随地抛弃，或者是埋藏在地底下，这真是名副其实的“暴殄（tiǎn）天物”。

一路人马沿途打劫到达江都。到了第二年的二月，炀帝要从江都回到洛阳，此时改走陆路，自然也是要摆足皇帝的威仪。

为着要装饰车舆、旌旗及三万六千人的仪仗队，炀帝需要用大量华贵的羽毛。他下令各州各县进献羽毛，作为州县赋税的一部分。

地方官吏接到命令，不能不办，又把这一项艰难的任务，课加到老百姓身上。上边逼得凶，官吏对百姓催得更急。

所以，几乎天上、地下、山岭、河川，只要是禽兽的羽毛可以拿来使用的，几乎一网打尽，捕捉干净。一只野雉（zhì）尾巴，要用十匹绢才换得到。

当然，炀帝开凿运河，主要是为着游幸江都。然而，这条大运河的开建，确有其历史意义。

隋代统一中国之后，以关中为政治中心。然而经过五胡乱华，以及战乱不已的魏晋南北朝，秦汉时代沃野千里的关中，早已残破不堪，一切物质需要仰赖江南的供给。

可是，自江淮地区到长安一带，路程要好几个月，无论用牛运马驮，沿途费用可观。十石（dàn）的米运到长安，可能其中有八石就消耗在旅途之中，否则一路之上人马吃什么？

因此运河建筑而成，成为沟通南北之大动脉，沿岸的据点如杭州、镇江、扬州、开封成为繁荣的大都市。隋、唐、五代、明、清各朝无不仰赖大运河，对于促进国家政治、经济、文化发展，具有极大的贡献。到清朝末年铁路兴建之前，大运河始终为南北交通的大动脉。

因此，炀帝固然暴虐无道，他修建运河也是为着个人的享乐。然而，我们要知道，修建运河是一件极其艰巨的工程，需要精密的测量与高超的技术，单靠蛮力是不够的，我们在一千多年前能够修筑世界最长的运河（全长八五〇英里），更是对政治上最有影响力的运河，此足以证明中国人的智慧。

不收费的酒食店

隋炀帝好大喜功，除了大兴土木修筑宫室，开凿大运河之外，更热中于对外发动战争，借以夸耀富强，譬如说炀帝对于突厥的经略。

突厥自称为狼种，是匈奴的一支。在北魏太武帝消灭北凉之时，突厥之鼻祖阿史那氏，率领五百家逃奔柔然，居住在今天阿尔泰山之南。这一群突厥人，专门为柔然部族从事冶铁的工作。以后，突厥渐渐强大，向柔然主要求通婚。

柔然的君长勃然大怒："突厥不过我家锻铁的工奴，竟然自不量力，向我求婚，未免太不知轻重了吧。"突厥人受到了侮辱，一怒之下，发兵占领了柔然地，建立了国家。突厥因为善于锻铁，兵器精良，日渐壮大。佗钵可汗在位时，甚至口出狂言："我在南方有两个乖儿子（指北齐与北周），非常孝顺。"

后来，突厥分为东西两部分，东突厥的突利可汗被隋文帝封为启民可汗，与隋朝通使和好。

炀帝大业四年（608 年）正月，启民可汗穿戴中国衣冠来朝，炀帝大悦。同年六月，炀帝自榆林郡出塞北夸耀兵容，他选派遣武卫将军长孙晟（shèng）传谕旨。

启民可汗奉到诏令，召集所属诸国奚、室韦等酋长数十人聚在一块儿。长孙晟是个具有外交长才的官员，他看到启民可汗的牙帐之中，深草芜秽（wú huì），想要叫启民可汗亲自除草，借以表示

突厥锻奴，古纸牌水彩画。突厥人曾臣服于柔然，充当锻奴。

隋朝的天威。

于是长孙晟向前跨了一步，对着地上的草说："这根草香得出奇。"

"噢？"启民可汗连忙蹲下来赶快地一嗅香味。一会儿，他捏着鼻子站起来道："非常的不香。"又做了一个恶心厌恶的表情。

长孙晟说："天子所经过的地方，所在地的诸侯，必须躬自洒扫，清除御路，以表至敬之心。如今牙帐内长了这许多污秽的杂草，我还当它是留香草，不能割去呢。"

启民可汗中了计，恍然大悟曰："这是奴才的罪过。奴才的骨肉都是天子所赐，得效筋骨，岂敢有辞，只是边疆之人不知法度，全赖将军教导。"

说着，启民可汗拿起佩刀，恭恭敬敬地亲自除草，他的部下及所属酋长也争着仿效。甚且发动人民将自榆林北境，东达于蓟（jì），长三千里，宽百步的地方清除干净。举国参加役作，为炀帝开御道，炀帝因此高兴得不得了。

不久，启民可汗上表道："臣非昔日突厥可汗，乃是至尊臣民，愿意率领部落，变改衣服，一如华夏。"

但是，炀帝并没有答应，在他看来有边疆外族臣服于他，远较化为汉人有意思得多。为着在突厥面前夸耀，炀帝特别制作了一种可容纳数千人的大帐，在帐中宴请启民可汗，表演鱼龙百戏，胡人们看得又害怕又欢喜。在八月间，炀帝又率甲士五十余万，马十万匹，浩浩荡荡开往关外，车队绵亘（gèn）千里不绝，蔚为奇观。他又命令宇文恺（kǎi）造了一座活动宫殿叫风行殿，可以拆开，又可以合起来，殿中有侍卫数百人。风行殿下面用轮轴行进，忽前忽退，看得胡人们目瞪口呆，惊奇得张大了嘴，以为见到了神。因此，在离开炀帝御营之外十里，已不敢前进，跪在地上叩头不已。

隋炀帝到启民可汗的帐中巡幸，启民可汗立刻捧觞（shāng）敬酒，跪在地上十分恭敬。炀帝眼见胡人们一字排开，个个跪在地上不敢抬头仰视，心中真是得意非凡。

他把酒杯中的酒一饮而尽，随口吟了一首诗："呼韩顿颡（sǎng）至，屠耆（qí）接踵来，何如汉天子，空上单（chán）于台。"这首诗的意思是说：呼韩邪跪在地上不敢起身，夷狄各王接踵而来。汉武帝虽然兵震四海，当他打到匈奴之时，匈奴早已远逃，他只能登上空无一人的单于台，做个白日梦，哪里能够和我隋炀帝媲（pì）美呢？

炀帝愈想愈开心，立刻赐启民可汗及公主金瓮、衣服、被褥、锦彩等，表现一下他的出手阔绰，排场不凡。

大业六年（610 年），隋炀帝邀请蕃酋长到洛阳过新年、贺元宵。在端门街前表演种种游戏。有人戴兽面具，有男扮女装者，嘻嘻哈哈，鸣鼓聒（guō）天，热闹非凡。在戏场外围五千步，奏乐者即达一万八千人之多，声闻数十里。从早到晚，灯火光烛天地，足足闹了一个月才罢休。

诸蕃眼见中国如此富强，请求与隋朝互市交易。炀帝答应之后，为着夸耀财富，先命店铺修理粉饰一番，檐宇如一，盛设帷帐，珍货充积，人物华丽盛多，连卖菜的也铺上了龙须席。只要胡人经过酒店门口，店主一定把客人拉进来，招待他又吃又喝，直到酒醉饭饱，却又不取分文。

胡人觉得好奇怪："为何不收钱呢？"

店主骗胡人道："中国丰饶，酒食向来不取分文。"胡人惊叹不已。

有一个狡黠（xiá）的胡人，看出其中有问题，指着一棵缠满绵帛的大树干讥讽地说："我看中国也有贫穷的百姓，衣不蔽体，这些布不给他们拿来做衣服，缠在树上干什么？"

店主面红耳赤说不出半句话。事实上，此时的隋朝在炀帝的浪费滥用之下，已经民穷财尽。天灾人祸相逼而来，老百姓苦不堪言，农业生产几乎已经停顿，炀帝却还在打肿脸充胖子自欺欺人。

炀帝的政权至此已呈现不稳，中国的历史又将走向一个新的历程。

隋炀帝亲征高丽

在隋炀帝巡幸启民可汗营帐的时候，刚好高丽（lí）的使者，正在启民可汗的牙帐之中，启民可汗不敢隐瞒隋炀帝，把高丽使者带出来引见。

高丽在汉武帝时代称之为朝鲜，汉元帝时朱蒙据有其地，建立了高句丽国，后来改名为高丽。隋代初年，朝鲜半岛有高丽、新罗、百济三个国家，其中以高丽最为强大。

在隋文帝时代，高丽王高元率领军队窜扰辽西，隋文帝乘机发

高句丽人射猎图，南北朝时期，吉林省集安市洞沟舞踊墓壁画。

动了东征，可是碰上飓（jù）风，船多沉没。虽然如此，高元已经领教了隋朝的厉害，上表向文帝谢罪，自称为“辽东粪土之臣元”。文帝一看“粪土之臣”，觉得极有面子，双方罢兵。

这一会儿，隋炀帝看到高丽使者前来朝见启民可汗，居然不去隋朝进贡，心里头酸溜溜的。黄门侍郎裴矩抓住隋炀帝好大喜功的心理进言道：“高丽本来是商纣王时代，纣王无道，他的叔父箕（jī）子因为劝谏不听，披头散发假装当疯子，以后周武王灭商朝，封箕子于朝鲜的旧地，所以朝鲜本来就是中国的，先帝老早就想攻下，可惜师出无功。现在陛下在位，岂可不取，使得过去一个衣裳楚楚，冠带整齐，文化颇高的国家，成为一个野蛮的地方？”

隋炀帝认为裴矩这番话很有道理，立刻宣旨道：“朕因为启民可汗诚心奉国，所以朕亲自到他的牙帐之中。你回国赶快告诉高丽王早日来朝，朕将待他一如启民可汗。倘不来朝，朕将率启民大军东征高丽。”

结果，高丽王硬是没有来朝。炀帝心想：好一个“粪土之臣元”，竟然不把隋朝看在眼里，是可忍也，孰不可忍也。而且说了要去攻打的，如果不兑现，简直威信扫地。立刻准备战马武器，准备攻打高丽。

炀帝大业七年（611 年），他下诏命令幽州总管元弘嗣前往东莱海口造船三百艘，限期完成。官吏督责船工站在水中工作，从早到晚，一刻也不准休息。因为在水中浸泡过久，船工们自腰部以下都生了蛆，十个人之中就有四个人因而丧生。

然后，炀帝又命令运输黎阳及洛口的米到涿郡，舟车人伕达十万之多，使得道路阻塞，死者互相枕藉（jiè），整整一千多里的队伍，弥漫着恶臭的腐尸味，天下为之骚动。

看着这样的赫赫威势，炀帝更加得意忘形，他故意询问大臣庾（yú）质道：“高丽之众，不能当我一郡，今朕以此众伐之，卿以为克不？”（克不，就是能够攻克吗？）

没有想到庾质个性耿直，竟然道："如果攻打而未攻下，徒损皇上的威灵。"

炀帝十分火大："你害怕，你可以留在这儿。"

隋炀帝自命为大元帅，他把军队分为三道，规定凡是"军事行止，皆须奏闻待报，毋（wú）得专擅（shàn）"。就是军队一进一退，一举一动，都得问过皇帝，把军报传到御营之中，由他本人决定，其他将领不可擅自指挥。打仗乃瞬息万变之事，怎可由皇帝批示攻守，这不是开玩笑吗？但是炀帝不管。他独断独行的结果，是一连吃了三次败仗，然而始终不肯觉悟。

炀帝认为城攻不下是将士不肯尽力，他把将领统统召集到了跟前诘（jié）责："你们自以为官高，又自恃家世好，懦弱昏暗，难怪都不主张我亲征，就怕我看见你们的毛病缺陷。我偏偏要来看你们，斩你们的脑袋，你们今天怕死不肯尽力打仗，以为我不敢杀人吗？"诸将都相顾失色，却更军心涣散。

炀帝又下了一个规定，每一个兵士发给百日粮，又发给排甲、枪梢、衣服、战具、火幕，这些都要全部背在身上。

兵士背着三石的重物行军，实在苦不堪言，尤其正值盛夏，更是难以忍受。枪梢等武器不能任意抛弃，只有在粮食上动脑筋了，可是又碍于抛弃粮食会杀头的命令。穷则变，变则通，大伙纷纷把粮食埋在地下。于是，军队才走了一半，粮食已经全部吃光了。

这个时候，隋朝大军粮食缺乏，人人面有饥色。高丽大将乙支文德发现这个情况，决定诱敌深入，每次一打就逃，使得隋军疲于追赶，甚且一日之中连败七阵。隋军个个追得气喘吁吁，满头大汗。

隋军来到平壤城郊三十里处，高丽伏兵突起，隋军早已疲惫不堪，一战便败，赶快撤退。当隋军逃到潼水，正在渡河之时，被高丽军从后袭击，全军覆没，三十万大军只剩下二千七百人逃回辽东，军资器械损失殆（dài）尽。

杨素不肯服药

大业七年（611 年），隋炀帝亲自讨伐高丽（lí），志在必得，竟然铩（shā）羽而归，使得炀帝异常恼怒。他不甘心地说："高丽小国，竟敢侮辱怠慢我上国，今天我要拔山移海，都不是一件难事，何况对付此一小虏？"

于是，隋炀帝又开始积极筹划第二次东征高丽。在中国的历史上，历来的皇帝很少做过大规模的远征，因为打仗着实劳民伤财，中华民族又是一个爱好和平的民族。同时，古代极少有职业军人，每遇战事，总是要到农村去拉壮丁，荒废农事。再加上为着战争增加的税收，在在使得人民叫苦连天。

在汉武帝讨伐匈奴的时候，因为胡人经常南下牧马，侵夺财物，所以人们有一种同仇敌忾（kài）的心理，非常支持汉武帝的远征。可是，隋炀帝讨伐高丽，除了满足其个人的虚荣心之外，实在没有多大道理。加上隋炀帝种种倒行逆施，普遍地引起人民的反感。

在隋炀帝第一次讨伐高丽之时，国内反对浪潮就很高。当然独断独行的炀帝不会理会这些。然而在大业九年（613 年），隋炀帝再次亲征之时，听说后方杨玄感叛变，却使得炀帝大为恐慌，火速撤军。杨玄感为何许人也？为什么旁人作乱，炀帝全不当一回事，杨玄感起兵却使得炀帝大为震惊？

杨玄感就是杨素的儿子。隋炀帝杨广之所以能夺走太子杨勇的位置，荣登太子的宝座，主要是靠杨素的阴谋诡计才能成功。

杨素为杨广立下大功，非但官高爵显，而且前前后后所得的赏赐，不可胜计。然而，杨素为炀帝谋害父亲及兄弟的往事，永远使得炀帝觉得有一个把柄为杨素握住。所以，虽然表面上炀帝对杨素好到极点，骨子里却不是那么回事。

杨素老了，病倒在床，炀帝命令全国最好的医师为他诊治，并且不惜巨资购买最上等的药材，关怀又体贴。然而事实上，炀帝时时偷偷拉着医生问病情，一直希望杨素早日归天。

杨素是个何等聪明的人，他当然晓得炀帝肚子里的鬼胎，他自忖这辈子名誉、声望、财富都已经到达了顶点，别无所求。所以他不肯服药，也不听医生的话好好休养。杨素对他的弟弟杨约说："我何必再活下去？"果然没过多久，杨素死了。

杨玄感为杨素的儿子，他年纪小的时候略嫌呆笨，亲戚朋友都笑杨玄感是一个痴儿，杨素每次都分辩道："我的儿子并不痴。"

果然，长大以后，杨玄感不但不笨，而且聪明好学，擅长骑射。因为杨素的官位高，所以杨玄感出道没有多久，即拜郢（yǐng）州刺史（拜为古代任官之意）。他一上任以后，立刻到处布置耳目，考察地方小官，哪个贤能，哪个贪污，杨玄感都知道得十分清楚，而且办起案来丝毫不留情面，官吏百姓，都对他又敬又怕。不久，转任为宋州刺史。

杨玄感出身世家，体貌雄伟，风采翩翩，又自负才学，允文允武，集种种优良的条件于一身，不免性情有些骄倨（jù）。但是他好读书，喜宾客，爱好文学，大概是当时天下的第一青年才俊。所以海内的知名之士，多以能与杨玄感结交为荣。

在所有的宾客之中，杨玄感与李密的交情最好。（请注意：历史上有两个名人都叫李密。孝顺祖母的李密为晋武帝时代的人，以写《陈情表》著名；现在讲的李密乃日后反隋的重要人物。两个李密在

李密挂角攻书，选自《马骀画宝》。

历史上都极为响亮。）

李密的曾祖父、祖父、父亲都是骁（xiāo）勇善战的英雄，李密家学渊源，少有才略，志气雄远，不看重钱财，专爱结交朋友。他在宫廷里面担任左亲侍属左翊（yì）卫的官职。

有一次，炀帝见到李密，看着很不顺眼，对宇文述说："刚才左仪卫仗下，有一个脸孔黑黑的小儿，他的眼神视瞻异于常人，不要让他担任我的宿卫。"

于是，宇文述暗示李密快卷铺盖走路，李密便假托身体不适辞去官职，专心读书，研究学问。

有一天，李密坐在黄牛背上，把一帙（zhēn）《汉书》挂在牛角上，边翻边诵，另一只手捉紧缚在牛胸部的皮带，缓缓前行。那种专心致志的用功神情，刚好被杨素瞧见了。杨素对他用功的态度十分佩服，立刻把李密请到家中，奉若上宾。

到了家中，相谈之下，杨素对李密更加欣赏。他对儿子杨玄感道："李密的见识与气度，都值得你学习学习。"以后，杨玄感与李密遂成为刎颈之交。

杨素在未死之前，自以为对炀帝有大恩，所以相当傲慢，在朝宴之际，时常失去为人臣子应有的礼节。炀帝心里相当衔恨，但是口上不提。杨素自己也知道，所以才有不肯服药，宁可早死的怪事。

等到杨素归天以后，炀帝对近臣说："哼，假如杨素不死，迟早会走上灭族的命运。"杨玄感也晓得炀帝的心事，对于自家在朝廷之中的尊贵显赫也有些不安。

杨玄感之乱

在上一篇《杨素不肯服药》之中，我们说到：隋朝大臣杨素自认为有辅助炀帝夺取皇位的功劳，跋扈（hù）而嚣张，因此在病危之际，坚持不肯服药。因为他心中十分清楚，炀帝终究是容不下他的。

事实上，杨素也的确是过于张狂，在他贵宠最隆之时，他的弟弟杨约，叔父文思、文纪，以及族父弁（biàn），竟然并为尚书列卿；他的儿子们毫无汗马功劳，也一个个位居柱国、刺史。杨素家中童仆数千，后庭内姬妾也数以千计，第宅的华侈，实在无异于宫中。

杨素的儿子杨玄感深知杨家招忌，尤其为炀帝所不满。同时，炀帝的种种倒行逆施，也使得杨玄感看不过去。所以杨玄感偷偷和弟弟们商量，想要废掉炀帝，改立秦王浩为君主。（秦王浩是炀帝的弟弟秦王俊的儿子，也就是炀帝的侄儿。）

正当杨玄感想要突袭皇宫，阴谋政变之时，他的叔父杨慎提出反对意见。杨慎的理由是：尽管满朝文武均为杨素当年所用的将吏，不过，“此时士心仍然心向朝廷，未可轻易图谋也”。杨玄感听了他叔父的话，才打消了政变的念头。

既然废立不成，杨玄感就准备先立威名，训练一批能为自己所用的将领。他对兵部尚书段文振说：“玄感世荷国恩，宠锡远过他人，怎能够不效命边疆，敷衍塞责？”

段文振把此话转给炀帝，炀帝十分嘉许，对着群臣说："将门必有将，相门必有相，此言不虚也。"说罢，哈哈大笑，从此对杨玄感十分礼遇。

后来，隋炀帝第二次远征高丽（lí），特别任命杨玄感在后方主持补给运输工作，驻扎在黎阳（今河南浚县）。这时人心厌战，怨声载道，杨玄感知道机会到了，他登高一呼道："如今皇上无道，不以百姓为念，天下骚动扰乱，在辽东死以万计。现在我与君等起兵，以拯救天下百姓的痛苦，你们看怎么样？"

群众都欢呼，甚且有人跪在地上喊万岁，各地响应者有十余万人，声势浩大。

许多投奔杨玄感的百姓都说："以前天下富足时，我们的父兄前往征伐高丽，都一半回不了家；如今天下疲弊，皇帝还要我们去攻打高丽，这一去，我们还能想有命吗？"于是，响应者愈来愈多。

杨玄感本为杨素之子，乃天下第一望族，本来即容易争取人心，加上他当众宣誓："我身为上柱国，家产巨万，对于富贵，已无所求。现在不顾冒着毁家灭族杀头的危险，愿意起兵叛变，实在是为着解救天下人民如鸡头被倒悬一般的痛苦。"人们闻后，想想的确有理，益发尊敬杨玄感。

这个时候，杨玄感派了一个家童到长安，把李密找了来，问李密道："你以解救天下万民为己任，如今正逢其时，请问你有什么计策？"

李密沉思一会儿答道："有三个策略：如果我们趁着天子出征，长驱入蓟（jì）（天津山海关一带），扼（è）住咽喉，不过十天半个月，东征高丽的粮草必尽，天子即将不战而降，这是上策。其次是直取长安，收其豪杰，即使天子急返，也难收复失地，这是中策。"

玄感道："请再问其次。"

"下策是利用精锐部队，袭取东都洛阳。不过，如此一来，战事可能要迁延数月，而且胜败未定。”

“不对，不对!”杨玄感摇头道，“现在东征高丽官兵的家属都在东都，如果能先攻下此城，军心必然动摇，更可以向天下示威。公之下计，乃上策也。”

这个时候，隋炀帝在辽东听说杨玄感造反，十分忧虑。又听说达官贵人的子弟纷纷投靠杨玄感，心中更加不安。

大业九年（613 年）六月，炀帝火速撤军，密令前面诸军也连夜撤军。仓促之间，所有堆积如山的军资、器械、粮食，都委弃而去，营垒帐幕，也都留置不动，匆匆忙忙结束了第二次远征高丽。

再说，自从杨玄感到了东都，自以为天下响应，又因为和李密意见不能完全相合，转而信任一个叫做韦福嗣的小人。韦福嗣只是迎合杨玄感的心意而摇摆。李密看出韦福嗣是个没有原则的人，对杨玄感说：“福嗣心存观望，如今初起大事，奸人在侧，听其混淆（xiáo）是非，必为所误，请速斩之。”

杨玄感不肯，他说：“哪有你说的那么严重！”还以为李密吃醋哩。

结果，韦福嗣的意见果然不成，加上守东都的大将尚书樊子盖（hé）奋力抵抗，同时，炀帝又班师回朝，两方包抄的结果，使得杨玄感军队大败。

到了最后，杨玄感和少数十余骑兵奔窜于山林之间。一会儿，后面的追兵快要追赶到了，他窘迫万分，与弟弟杨积善跳下马来步行。对积善说：“事情失败了，我不能够受人戮（lù）辱，你可以把我杀掉。”

积善掏出刀来自杀，未成。二人被追兵执住，在东都被磔（zhé）尸（磔，为古代分裂肢体的刑罚）。三天之后，尸体又被切成一块一块地烧掉。

杨玄感起兵黎阳，不到一年即乱平。然而，影响力甚大。因为过去大部分起兵作乱者均为饥寒交迫的百姓，虽然能够扰乱社会，却不容易变易王朝，可是名流世家加入以后，作用就不同了。

然而炀帝丝毫不觉悟，他说："杨玄感一呼，而从者十万，可知天下的人是太多了，多了就要成为贼，不尽情诛（zhū）杀，不能够惩其后者。"因此一口气杀了三万多人，其中一半以上是冤枉的。杨玄感围东都时，曾经打开城外的粮仓，赈济没有饭吃的百姓。炀帝一发火，这些吃了粮的百姓都被活埋，死者不可计数。

炀帝杀人如麻，隋朝的气数亦将告尽。

隋炀帝游幸江都

自从杨玄感之乱以后，在大业十年(614年)，隋炀帝又发动了第三次讨伐高丽(lí)，此时全国有若星火燎原，处处都有造反作乱之事。开往高丽的士卒，有一半在中途就溜之大吉。炀帝虽然屡次下令，逃兵一律斩杀，仍然不能阻止逃亡的浪潮。结果第三次远征高丽又是徒劳往返，高丽王高元依旧没有来朝。

大业十二年（616年）四月里，一天晚上，大业殿西院忽然失火。炀帝睡了一半，被熊熊火光所惊醒，匆匆忙忙逃到西苑，躲入草丛之中，等到大火扑灭以后，方才气喘未定地返回内宫。

事实上，因为造反四起，从大业八年（612年）以后，炀帝经常做着噩梦，自床上跳起喊捉贼，总要命令几位妇人为他按摩以后，才能徐徐睡去，精神极为困扰不安。

由于恐惧盗贼，炀帝性情较以往更为暴戾（lì）。有一天晚上，炀帝在景华宫又猛发脾气："奇怪，怎么看不见萤火呢？"于是，三更半夜劳师动众数千人为炀帝捉萤火虫，一共捉了五百车的萤火虫，在他游山时一起放出，光芒照遍岩谷，炀帝才稍稍满意。

过去秦朝二世皇帝，因为害怕乱事蜂起，所以掩头目耳朵不肯听消息，隋炀帝讳言盗贼的情形也差不多。

炀帝询问宇文述大将军："最近盗贼的情形如何？"

宇文述想也不想，马上回答："渐少。"

"比以前少了多少？"

“比不上十分之一。”

这时，苏威隐身在大柱后面，希望别给炀帝看见，结果还是被逮着问话。苏威只有站出来回答：“臣非掌管这件事的，不知道盗贼有多少，我只是忧虑盗贼一天比一天更多了。”

炀帝不解道：“这话是什么意思？”

苏威解释：“过去盗贼盘据长白山，今者近在汜（sì）水。而且，往日缴纳租赋的丁役，现在都到哪儿去了？莫非这些人全化为强盗了？最近报上来有关盗贼的消息，恐怕均非实情实报，使得朝廷没有良好的对策。”

这番话，说得相当坦白，使得炀帝大为不悦。过了几天，到了五月五日，百官都献上许多珍奇玩物，独独只有苏威，什么精巧的宝物都没有送，只送给皇帝一本《尚书》。

有人向炀帝打小报告：“《尚书》内有五子之歌，叙述夏朝太康亡国。苏威的用意是把陛下比为太康，只知道逸豫盘游，不知道为民着想。”

炀帝听了，益加不满意苏威。

又过了几天以后，隋炀帝问苏威关于讨伐高丽之事。

由于朝廷中的大臣多半为着自保，故意隐瞒盗贼之事。忠心的苏威，为着想让炀帝了解事情的严重性，讽刺地说道：“今天要攻打高丽简单得很，用不着发动部队，只要下个命令大赦群盗，一下子便有数十万人之多，然后我们派这些盗贼东征高丽，他们一方面喜于免罪，一方面又要争着立功，高丽就可灭了。”

炀帝当然听懂了苏威的意思，心里头益发不痛快。等到苏威走出宫后，最会察言观色拍马屁的裴蕴，立刻向前一步道：“此人未免太不恭逊，天下哪里会有这许多的盗贼呢？”

“哼！”炀帝嗤（chī）之以鼻，这个老头想用盗贼来威胁我，没有的事，我刚才恨不得打他的嘴巴，暂时且忍耐一下吧。”

裴蕴（yùn）摸清楚炀帝想整苏威的心意以后，找了一个白衣张行本上了一个奏章（白衣就是无官职的人，按古时做官，什么官职穿何种衣服，戴何种帽子，规定得清清楚楚），奏章中诬陷苏威以前在高阳地方滥授官职，炀帝因而下诏苏威入狱。几天之后，又有上奏谓苏威私通突厥，图谋不轨。

此案刚好由裴蕴审理，他为着讨好炀帝，把苏威判了一个死刑。苏威无法为自己辩白，只有不断在地上叩头，直叩得鲜血满地，炀帝遂免其一死，但是苏威子孙均被除名，永远不得录用。

炀帝在宫中正为此事愁闷不堪，正好江都新制的龙舟做成，送到东都洛阳献给炀帝。宇文述劝皇上去江都散散心，炀帝满口答应。

右候卫大将军赵才上谏曰："今天下百姓疲劳，府库空竭，盗贼蜂起，法令不行，愿陛下速还京师长安，以安民心。"

此话说得极为不动听，炀帝大怒，立刻把赵才交到官府去治

隋炀帝乘坐龙船巡幸江都，想象图。

罪。朝廷中的臣子没有一人赞成炀帝此时游江都的，但是炀帝的心意相当坚决，有一个有骨气的建节尉任宗上书极谏，马上在朝堂之上被斩。

炀帝终于上路了。临走之前，还很风雅地写了一首诗留给宫人："我梦江都好，征辽亦偶然。"这句诗的意思是：游江都乃我最爱之事，远征高丽乃属偶然之事，非所好也。

刚刚出宫，在建国门有一奉信郎崔民象上表，以天下盗贼充斥，谏请皇帝打消游兴，炀帝气得当场斩了崔民象。

当炀帝一行到达汜水，又有一个不怕死的王爱信上表，谏请炀帝速还京师，炀帝也把他给斩了，仍然继续游程。

到了梁郡，郡人遮拦车驾上书："陛下若要游幸江都，天下则非陛下所有。"再斩郡人之后，炀帝终于固执己见到达了江都。

在中国古代，因为是君主专制时代，上谏乃成为臣民为百姓谋求福利惟一的一条道路。拿今天民主的眼光看了固然不合理，然而我们不能用古人没有民主精神批评这些读书人。相反的，他们不怕死，为真理而牺牲奋斗，代表中国古代知识分子的一种道德精神，一种崇高的责任感。比起今天某些民意代表为着一己私利，什么不要脸的事情都为所欲为，真有天上地下之别。

隋炀帝对镜兴叹

隋炀帝不顾众人的反对，终于在大业十二年（616 年）第三次游幸江都。

皇帝驾到，江淮地区的郡官自然纷纷求见。炀帝不问地方民情，专门打听朝见者送的礼物。礼物送得丰厚者，超越阶层任命为郡丞郡守；礼物送得寒酸者，多半停职，甚且解职。有一个江都郡丞名叫王世充，献上珍贵的铜镜、屏风，立刻被升为江都通守；另外历阳人赵元楷献上美味，改任为江都郡丞。

既然炀帝有这个喜好，地方官吏为求讨好巴结，更加残暴地剥削百姓。可怜的广大人民，外为盗贼所抢掠，内为郡县父母官所压榨，实在活不下去了。

前面说过，炀帝不肯面对现实，最讨厌人家提到有关盗贼之事。

内史侍郎虞世基抓住皇帝这种不正常的心理，把一切将领及郡县官吏报上来有关盗贼作乱，请求朝廷派兵支援的消息，或者压下，或者把军报大幅度地删减，使得炀帝看不出事态的严重。虞世基还上了一个奏章："鼠窃狗盗之辈，经过郡县的全力缉（jī）捕追逐，马上就要完全消灭了，愿陛下勿因此而耿耿于怀。"

炀帝看了，大为高兴，以后谁再禀报盗贼严重，立刻会被挨上一顿揍。盗贼有皇帝撑腰，益发猖獗（chāng jué），甚且占据了郡县，这些情形，炀帝一概不知。

后来，有一位大将杨义臣十分英勇，打败了盘据河北数十万的盗贼，他上了一个奏章给朝廷，一条一条详列经过情形。

“我以前没听说过有盗贼，怎么一会儿工夫，这许多的地方官全都降贼？”炀帝好生奇怪。

虞世基说：“小窃虽然多，不值得忧虑。倒是杨义臣把贼兵打败了，他平白多添了这么许多士兵，又远在国都之外，对朝廷而言，恐怕不是一件好事。”

炀帝不追问怎么平白冒出许多盗贼之事，也不彻查虞世基欺上瞒下之事，听了虞世基的挑拨以后，竟然下命令叫杨义臣把捉来的盗贼给放了，让他们回去重干偷鸡摸狗的勾当，为的是惟恐杨义臣力量太大。如此昏庸，怎不使得天下离心？

盗贼一天比一天多，官吏一天比一天抽税抽得凶狠，再加上碰到荒年，人民饿得没有东西可以吃。开始的时候，剥树皮、煮稻草、烧泥土果腹；到了后来，连这些东西都吃光了，只有互食人肉，惨不忍睹。

而这个时候，炀帝正在尽情地享受，他在皇宫里面布置了一百多个房间，每天命令一个美人值日。善于逢迎的王世充，在江南搜寻佳丽，送到宫中让炀帝享用。

赵文楷因为献上美味被任命为江都郡丞，既然他擅长于此，炀帝特别派他掌供酒馔（zhuàn），管理宫中膳食之事。炀帝是一个老饕（tāo），贪吃得厉害，如今享尽人间山珍海味，不亦快哉！酒杯不离口，不但他本人喝得酩酊（mǐng dǐng）大醉，与他同游的姬妾亦一个一个醉得东倒西歪。

表面上，炀帝吃喝玩乐十分惬（qiè）意，然而内心深处，聪明的炀帝当然知道事态一天比一天严重。自从杨玄感之乱以后，杜伏威、窦建德、徐圆朗、刘武周、李密、李渊、李轨、萧铣等在各地起兵，全国大乱！（关于隋末起兵的群雄故事，以后会一个一个地

隋炀帝杨广，唐阎立本绘。

详细介绍。）

炀帝在下了朝以后，常常脱下皇冠龙袍，学着汉末王公的风雅模样，用一条缣（jiān）巾把头发绾（wǎn）起，换上短衣，拄着拐杖，一个人慢慢散步，留恋在各个台榭和馆阁之间，不忍离去。

他张大着眼睛死命地看着各处景物，一边努力地深呼吸，走远了，又回过头，对着亭台楼阁再做一遍巡视，直到夜阑人静，才依依不舍地回宫。那个情景，仿佛这一秒钟不多看一眼，下一秒钟他就永远不能再看到眼前的景物了。

不久，炀帝迷上了占候卜相，常常在半夜里，烫了一壶酒，对着天上星斗，自己为自己算命。

他仰着头，对萧皇后道："外面很多人都想要朕的皇位，然而朕不失为长城公，卿不失为沈后。来，咱们共饮一杯吧！"

这句话的意思是说：即使我的皇帝宝座被人抢走，我还可以像陈叔宝一般，亡国以后，仍然做一个快乐逍遥的长城公；你呢？也可以像陈叔宝的沈后一般，两人都可共享富贵。

回到后宫以后，炀帝又想陈叔宝其笨如牛，所以炀帝的父亲文帝才会对他十分宽厚。今天，炀帝的敌手恐怕不会如此，况且炀帝所造的孽委实太多了。

因此，他对着镜子，摸着脑袋叹息道："好头颈，谁来砍？"

萧后听了大吃一惊，忙问："陛下何以说出如此不吉利的话呢？"

炀帝哈哈大笑："人生的贵贱苦乐，互相更迭交换，说上一说，却又何妨?"

这句话，表示炀帝自知已走上穷途末路了。炀帝的好脑袋真的会被人砍掉吗?

隋炀帝之死

隋炀帝的残暴，引起了全国民众的不满，纷纷揭竿起义。炀帝却在这个关头，逃避现实躲到江都去尽情享受。然而，在内心深处，炀帝也知道大事不妙，所以时常对着镜子，摸着脑袋叹道："好头颈，谁来砍？"

此时中原鼎沸，炀帝也无心北归了。他想把京城搬到丹阳，保住江东，以求偏安。于是，命令臣子们在朝廷之中各陈己见。

最会拍马屁的虞世基第一个赞成，但是也有那忠心保国的右候卫大将军李才表示反对。虞世基和李才两个人，就在大殿之上争吵了起来。李才说："请陛下车驾立刻返回长安。"然后，气愤地离开大殿。

另外，门下录事李桐客也认为江南不适合建都：江东地势低，湿气太重，土地险恶又狭小。人民内要侍奉万岁，外要补给三军的粮草，实在苦不堪言。这样子下去，终究是要叛乱的。

李桐客说的是实在话，不料，竟然因此被御史弹劾（hé），罪名是诽谤朝廷。

其他公卿看着都心里发毛，没有人敢再提出任何反对的意见，而且还编出许多好笑的理由赞同此事："江东人民，盼望陛下已久，陛下能够在此地安抚治理，简直和治水的大禹会合诸侯于会稽（kuài jī）一般伟大。"

然而，此时江都的粮食已经快要吃光了。随从炀帝到江都的骁

（xiāo）果（骁果乃英勇的武士），多半是关中人，久客外地，十分思念家乡。眼看着炀帝正在大兴土木，建筑丹阳宫，可见得炀帝没有北归的打算，只好纷纷逃亡。郎将窦贤率领所属的士兵西走之时，被炀帝及时发现，派人追回，斩首示众。虽然骁果们知道逃亡如不成功，一定会要杀头，可是仍然不断有人开溜。

虎贲（bēn）郎将司马德戡（kān），向来是炀帝最为宠信的爱将，他向部将元礼及裴虔通诉苦说："今天的骁果，没有一个不想逃亡的，我如据实禀报皇帝，皇上一定会大发脾气，第一个就先把我斩了泄忿。我如果不说，等到事情闹到不可收拾的地步，我还是不免会遭到灭族的命运，我该怎么办呢？又听说关中已经沦陷覆没了，李孝常据华阴地方叛变，皇上已把他的两个弟弟关了起来准备杀掉。我们的家小都在关中，能够不顾虑吗？"

两个部将听了都很恐慌："那么，咱们究竟该如何是好呢？"

司马德戡道："既然骁果都想要逃亡，我等不如也跟了去。"

不久，司马德戡（kān）召集了虎牙郎将赵行枢（shū）、鹰扬郎将孟秉等人商量同谋，将作少监宇文智及（宇文述之子）反对逃亡，主张叛变，于是，司马德戡

隋武士俑，河南省安阳市隋墓出土。

等人改变计划，他们日夜在大庭广众之间，公开讨论叛变的计划，毫无一丝忌讳。

有一个宫人听到他们的谈论，对萧后说："现在外面人人都想要造反。"

萧后说："任你奏明皇上。"

于是，当宫人一告诉炀帝，炀帝大发脾气："这些混账话岂是你能够说的？"便把宫人给斩了。

后来，又有一位宫人告诉萧后，外边有人想要阴谋叛变。萧后不想再让这位宫人送死，长叹一口气道："天下事已到了这种地步，无可挽救了，何必再去告诉皇上，徒然增加皇上的忧虑。"从此，没有人再提起此事。

此时，司马德戡说动了宇文智及的哥哥右屯卫将军宇文化及为首领，并且对所属的骁果们说："陛下听说骁果准备叛变，酿制了许多毒酒，要在宴会中分给大家吃。"骁果们听了都很害怕，加强了叛变的决心。

于是，某天晚上三更之时，司马德戡在东城调集兵马数万人。炀帝在宫中看到外面一片大火，不时有喧哗叫嚣之声传来，忙问："怎么回事？"

在宫中当内应的裴虔（qián）通道："没有什么，储草的草坊失火了，大家都在忙着救火。"炀帝信以为真。

这时，炀帝的守卫不是被司马德戡买通，就是被他假造命令，差遣了出去，所以叛军毫不费力地进入了内宫。

炀帝发觉有变，立刻准备乔装溜到西阁，校尉令（líng）狐行达拔刀直进逼迫，炀帝下阁问："你要杀我吗？"

"臣不敢，但请陛下西归。"说着，令狐行达扶着炀帝走下阁楼，走到一半，炀帝看到裴虔通。虔通本为炀帝最亲信的人，炀帝十分愤怒，责问道："你不是我的老部下吗？为什么要造反？"虔通对曰："臣不敢造反，然而将士们都想要返回关中，想要侍奉陛下速还京师罢了。"

炀帝说："这个好办，朕本来也正想回去，只是船只未到，朕与你们一块归去也就是了。"

"百官俱在庙堂，陛下必须亲自出面慰劳。"虔通说完，把炀帝强拉上马，左右环刀相侍。

刚走出宫门，门外叛军噪声如雷，宇文化及指着炀帝叱（chì）责："干什么把这个东西带出来？"炀帝见到众人都拔出利刃，恶狠狠地瞪着他，不禁长叹一口气道："我犯了什么罪到今天这种地步？"

马文举道："哼！陛下外勤征伐，内极奢侈，使得壮丁都丧生在矢刃之下，妇女老弱都填塞于沟壑（hè）之中，人民失业，盗贼遍地，你还说没有罪吗？"

炀帝至此不悔道："我是对不起天下的百姓，但是你们却享尽荣华富贵，为什么还要反叛？今天的叛变，是谁带头？"他还想用皇帝的威名扭转形势。

司马德戡说："普天同怨，带头的何止一人。"

这时，炀帝的十二岁儿子赵王杨果在旁，见到这种情形，吓得大哭，裴虔通一刀便把赵王杀死。

事已至此，炀帝曰："天子有天子的死法，何用锋刃？去取毒酒来。"

结果，由令狐行达用炀帝的丝巾把炀帝缢死。这位历史上有名的狡诈的、善于做作的皇帝杨广，就这样死了，结束了隋朝短短三十八年的命运。

李渊雀屏中选

在上一篇中，我们说到荒淫无道的隋炀帝，终于在大业十四年（618 年），被他的部下宇文化及等人杀死于江都，结束了隋朝昙花一现般的盛世。

在此之前，全国各地起义反隋的兵马有一百四十多路烟尘。现在，我们要介绍的，就是其中最有力量的一支——以李渊为首的太原军。

李渊自称为陇西旧族，西凉武昭王李暠的七世孙，李暠为东晋时代十六国之中西凉国的创始者。

李渊的父亲李昞（bǐng）在北周时代，被任命为安州总管柱国大将军，袭爵唐国公。李昞的妻子独孤氏与隋文帝杨坚的独孤皇后为姐妹。当时，杨坚为隋公，以后篡周，建立隋朝。

既然李昞与杨坚二人的妻子为姐妹。因此他俩为连襟，李渊当然是隋文帝的外甥了。事实上，在李渊小的时候，与他这位皇帝姨父是十分亲近的。他在七岁时候，就袭爵唐国公，以后做到谯（qiáo）陇岐三州刺史，极有才干。

成年以后，李渊娶了鲜卑望族隋朝定州总管窦毅的女儿为妻，关于这一段，还有一则故事。

窦毅这位女儿，品貌俱佳，因此他常常自夸道："我这个女儿生有奇相，而且见识不凡，怎么可以随随便便嫁人。"

于是，窦毅想了一个挑选女婿的好办法，他在屏风上面画了两只孔雀，对着前来请婚的男子说：“每一个人射两箭，哪一个人能够射中孔雀的眼睛，我就把女儿许配给他。”

一连有数十个青年前去射箭，他们每一个人在拉弓之前，无不信心十足，可是孔雀的眼睛极小，身上的羽毛又色彩斑斓，稍一偏向就无法射中的，因此一个一个都失败了。

窦后与孔雀屏，选自《马骀画宝》。

最后轮到李渊，他屏住呼吸，“咻（xiū）”的一箭射出去，不偏不倚（yǐ），正好射中孔雀的眼睛，围观的众人都拍手叫好。窦毅看着也十分欢喜，但是表面上仍喝止道：“不急，还有一箭。”

第二箭射出去，同样分毫不差，所以李渊就雀屏中选，成为窦毅的乘龙快婿。因此，后人挑中女婿，称之为“雀屏中选”。

窦氏一共为李渊生下四个男孩：建成、世民、玄霸、元吉。一个女孩，嫁给临汾人柴绍。因为他们都是胡汉混血，所以颇有胡人的骁（xiāo）勇之风。

在李渊的四个儿子之中，以次子李世民最得李渊的宠爱，他聪明勇敢，胆识过人。眼看着隋朝皇宫乱成一团，颇有安定天下，解救百姓之志。所以，他就结交士人宾客，暗中汇集一股力量。

当时的晋阳宫监裴寂，与晋阳令刘文静私交很好，经常两人同被共宿。有一天，裴寂见到城外烽火连天，对着刘文静叹息道："我等如此贫贱，又逢到乱离的时代，将何以自存？"

刘文静笑着说："只要我们二人结交相得，何必为贫而忧虑。"他这句话中就隐含有很深的意思。

接着，刘文静又特别向裴寂推荐李世民。他说："此人绝非常人，他的胸襟豁达类似汉高祖，他的神奇威武类似曹操，年纪虽然很轻，才干却冠于当世。"

"喔，是吗？"裴寂只淡淡应了一声，内心却不以为然。心想小小的李世民，哪有如此能耐，未免吹捧过分。

这个时候，李密（即为杨玄感定计谋的李密）据有瓦岗，威震关东。因为李密造反，而刘文静与李密是亲戚，因此也被牵连，被捕入狱，关在太原的大牢里。

李世民前往探监。刘文静对李世民叹一口气道："现在天下大乱，非要有汉高祖和汉光武这样的人才，才能够安定天下。"

李世民一昂头道："安知没有？只是一般人不知道罢了。"这句话很明显地表现出他的自视甚高。

说着，李世民拉着刘文静的手道："我今天来看你，并不是为着小儿女般的感情，我是要与你共商大计。你有什么计策？"

刘文静至此也坦然说出心中的话："现在主上（炀帝）南巡江都，李密围逼东都，各地的强盗数以万计。当此之际，如有真正英明之主起来抗隋，夺取天下，易如反掌。尊翁渊领兵数万，乘虚入关，谁敢不从，不过半年，就能当上皇帝。"

这番话，说得李世民频频点头，世民笑道："君言正合我意。"

回去以后，李世民开始悄悄地招兵买马，但是李渊并不知情。李世民惟恐父亲李渊不肯，犹豫了半天，仍旧不敢对李渊当面表明。

此时，裴寂已自刘文静口中，渐渐了解李世民的才干。而李渊与裴寂的私交不错，时常在一块宴会小酌。世民想要透过裴寂说动父亲，所以拿出了数百万钱，找人陪裴寂赌博，又故意输给裴寂，尽量讨裴寂的欢喜。

最后，裴寂答应为世民去向李渊说项，怂恿他反抗隋朝。李世民能够说动李渊吗？造反必是死罪。有杨玄感的例子在前，李渊会答应他吗？

李渊举棋不定

李世民随着父亲李渊，留守太原。李世民有意劝父亲李渊起兵反抗隋朝，却又不敢开口。于是，拜托晋阳宫监裴寂帮忙说说。

有一次，李渊与裴寂畅饮之后，裴寂乘机对李渊道："二郎（李世民排行第二，故以此称）偷偷在养士马，想要发动大军，现在人心已经完全一致，就等你的一句话了。你到底意下如何？"

"嗯，吾儿确有此一计谋，事已至此，我也无可奈何，只有听他的了。"李渊从容答道。可见得知子莫若父，做父亲的不会不知道世民的打算，只是装聋作哑。

这个时候，刚好突厥攻打马邑（yì）（山西省朔县），李渊派遣高君雅协助马邑太守王仁恭合力抵抗。可惜，此二人出师不利，打了一场败战。

李渊十分担心因此被朝廷处分，终日愁眉不展。世民眼看机会来了，找着一个机会对李渊说："现在主上无道，百姓困穷，晋阳城外皆为战场，大人若守小节，苦苦尽忠，下有寇盗，上有严刑，或早或晚，都会大祸临头。还不若顺从民心，发动义兵，转祸为福，这是天赐的良机。"

这番话说得十分露骨，明摆着想要造反了。李渊虽然知道内情，然而他是十分谨慎的人。因此，大吃一惊道："你怎么可以说出这种话，我要把你这个大逆不道的人绑起来，送到县官那儿去。"

说着，李渊拿起纸笔，准备书写告状。

李世民沉住气，缓缓地说：“孩儿观察天时与人事，觉得事情已到非革命不可的地步，才敢对父亲说这种话。如果父亲一定要把我绑到衙门去治罪，儿子绝对不敢说不去。”

唐高祖李渊，据南薰殿《历代帝王像》复制。

李渊把笔一掷，叹口气道：“我哪儿舍得到官府里去告发你。只是这种杀头的事，你要小心开口。”

到了第二天，世民又去对李渊劝说：“现在盗贼一天比一天多，大人受皇帝之诏，奉命讨贼，贼遍天下，哪里可以杀尽？因此，总不免因为讨贼不力而被治罪。就算大人能够把贼讨平，功劳太大，更容易引起皇帝的不满。所以，只有我昨天说的一番话，可以躲避灾祸。”

“对！”李渊点点头道，“我昨夜想了一夜你说的话，实在大有道理，现在家破人亡在于你，化家为国，据有天下当天子也在于你。”

可是，不久以后，隋炀帝从江都派了一个使者来，赦免了李渊的罪，仍然留守太原。李渊眼前火烧眉毛的危机解除，所以又不急着起兵。

可是，过了没多久，鹰扬府校尉刘武周在马邑起兵，勾结突厥，占据汾（fēn）阳宫。李世民急忙奔告父亲道："大人作为太原留守，如今盗贼窃据离宫，如果再不早定大计，祸患即将临头。"

李渊听后，立即召集将领佐吏宣布道："刘武周据有汾阳宫，我等无法制止，罪应灭族，如何是好？朝廷规定用兵要先禀奏，这一来一往之间，必然延误军机。"

于是，李渊便借着这个理由，乘机叛变。朝廷派来监视李渊的王威与高君雅起了疑心，李渊不得不想个办法，先除掉这两个人。

一天早上，李渊与王威、高君雅正在处理政事，胙（zuò）城地方有刘政会前来，说有密报。李渊对王威使了一个眼色，命他打开来看。不料刘政会却不肯把密告交给王威，且正色地说："上面所密告的，正是有关副留守王威的事，只有唐公（李渊）才能够看。"

李渊故作惊奇道："有这种事吗？"急忙接过来一看，高声念道，"王威、高君雅，暗地勾引突厥入寇。"

高君雅一听，挽着袖子，举起手臂气得大骂："这是有人想造反，故意诬陷我等。"

说来正是无巧不成书，突厥大军竟然不早不晚，刚好这个时候进犯晋阳。人民都认为绝对是王威与高君雅两人合干的好事。于是，李渊利用此一机会，就把他们两人给斩了。

突厥大举入寇，李渊等人没法阻挡，聪明的李世民竟然把城门大开。突厥看到四边城门大开，担心城中设有埋伏，不敢入城，只敢在城外地带大掠而去。

紧接着，李渊自号大将军，在大业十三年（617年）三月，正式自太原起兵，表面上是帮隋平定乱事，实际上是准备夺取隋朝的天下。

“罄竹难书”成语的由来

李渊自从在太原起兵以后，自任为大将军，积极地向隋军进攻。

这个时候，突厥的力量很强，李渊为着一方面担心突厥坏事，一方面又想要借用胡人骠（piào）悍的胡马，所以听从刘文静的建议，向突厥的始毕可汗谈和，双方约定：“若得攻入长安，民众土地归于唐，金玉缯（zēng）帛归于突厥。”

李渊为争取人心，大开粮仓，救济灾民，并且乘机招募义兵。然而，这些义兵都是乌合之众，没有经过检阅练习，所以带领起来万分辛苦。

李世民及哥哥建成颇能与兵士同甘共苦，而且遇着危险，必定身先士卒。行军途中，看见临近道旁种植的菜蔬水果，一定向农民购买以后方才食用。这样的军纪严明，是一般队伍所做不到的。万一有一两个士兵，忍不住嘴馋，偷吃了瓜果，李世民也会找到主人，赔偿金钱。因此，一路下来，深得民心。李渊看着军纪严整，忍不住高兴道：“用这样行兵方式，大可横行天下。”

此时，李密在现在的河南省东部，拥有极大的力量，而且发表了一篇著名的檄（xí）文声讨隋炀帝，其中的名句有“罄（qìng）南山之竹，书罪无穷；决东海之波，流恶难尽。”（这句话的意思是，用完南山的竹子做简策，也写不完炀帝的罪状。罄是用尽的意思。用东海的滔滔大水，也洗不完炀帝的罪恶。以后我们形容罪状之多，写都写不完，称之为“罄竹难书”，这就是此句成语的由来。）

自从这一篇檄文一出，海内轰动，人人传阅，李密的声势如日中天，各地反隋的领袖如窦建德和徐圆朗等纷纷上表，劝请李密即天子位，李密却以为洛阳尚未拿下，还不必急在一时。

因为李密的声势浩大，所以李渊想要来拉拢他，遣使通书。李密自以为力量雄厚，要求李渊率领步骑数千到河南来，当面缔（dì）结盟约，由李密自任盟主。

李渊不敢得罪李密，却又不想跑到河南去。他笑着说：“李密这个人如此夸矜（jīn）自大，我正准备进兵关中，如果一口回绝他，等于平白又多了一个敌人，不如拍拍他的马屁，使他更为骄傲，然后再慢慢观看鹬蚌（yù bàng）相争，好来坐收渔利。”

于是，李渊就命令温大雅回了一封书信给李密，信上说：“天生万民，必有司牧，当今能为司牧，作为天子者，除了你还有什么人？老夫年逾知命（知命为五十岁），没有这个野心了。愿意跟着大弟你，攀鳞附翼。”

李密见到信，看得眉开眼笑，乐不可支。从此，乃对李渊深信不疑。

然而，日子总是不会一帆风顺的，李渊的西征军被阻在河东，渡不了黄河，又连逢大雨，军队里缺粮。隋朝派出的大将宋老生相当厉害，李渊的部队打不过他。然后，这时又听说刘武周与突厥联手，准备攻打李渊的后方太原。

一连串的坏消息，使得李渊愁眉不展！他常常踱着方步长叹：“老天爷如果要帮助我完成大业，怎么会落到今天这一种地步？”

裴寂等也有意打退堂鼓先回去守太原，他们对李渊道：“宋老生的军队据有险要，一时之间攻打不下。李密虽然表面上与我们相结合，奸谋难测，不可不防。突厥与我们有约在先，但是突厥贪而

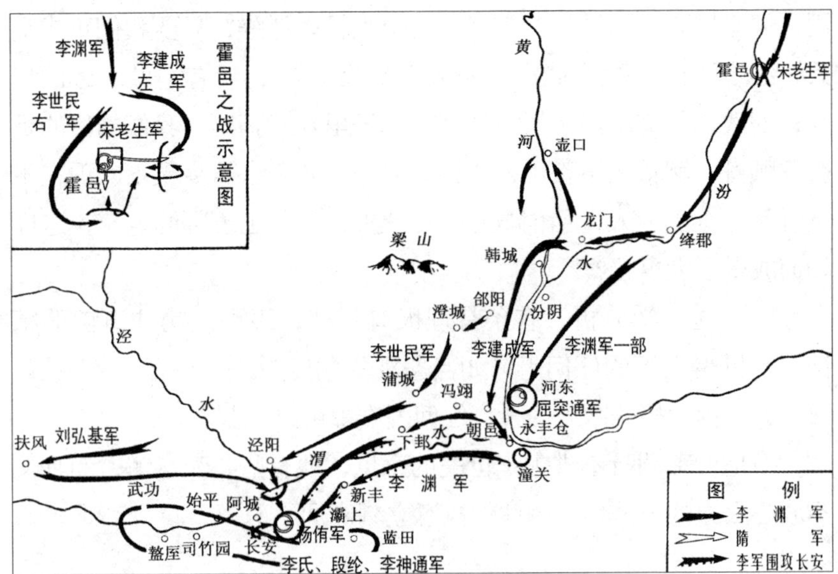

李渊进军关中示意图。隋炀帝大业十三年（617 年）六月，李渊自晋阳南下，到霍邑后，先以弱兵引诱宋老生出战，李渊在正面迎敌，世民、建成亲率精骑攻侧翼，斩宋老生，进据霍邑。乘胜南下，攻克临汾、绛郡后，李世民北上，自壶口渡黄河；李渊率主力自龙门渡黄河；留下一部攻打河东屈突通。李渊渡河后，命李建成南下，经朝邑，进占永丰，切断长安、洛阳的联系，自领大军自潼关西行，从东面压迫长安。李世民军渡河后，进至泾阳，自北面进逼长安，并派刘弘基占领长安故城；李渊女儿李氏在鄠县起兵，占住武功，与李世民会合；段纶也在蓝田起兵，均属世民指挥。此时，李建成部也进至灞上，长安合围。十一月，攻克长安。

无信，惟利是图，我们也不能相信突厥。太原是一个险要的都会，士兵们的家属都留在太原。如果刘武周真要勾结突厥拿下太原，究该如何是好？我们不如先回去把太原守住，以后再慢慢图谋发展。”

裴寂这番话说得众人都点头称是。天气既坏，粮食又没有了，与其坐以待毙，不如先回老家，守住根本。隋朝大军不易征服，何况各地起兵反隋的有一百多路人马，想要据有天下，哪里是这么容易的事？还是不要异想天开做皇帝的梦了吧。

大家都心存悲观的想法，李渊因为时运不济，也不免怨天尤人，只有他的二儿子李世民不以为然。

世民站起来说：“如今一路上禾菽（shū）遍野，都可以采来食用，何必担心军队缺粮？宋老生这个人轻率浮躁，只要我们正式交兵，必定可以一战而擒；李密担心粮粟（sù），没有空做长远的打算；刘武周与突厥虽然暂时结合，骨子里互相猜疑。我们的目的是奋不顾身，解救天下苍生，应该首先进入咸阳，号令天下。现在不过碰到一个小敌人，稍稍遭遇一点挫折，就马上班师回老家，这样如何成得了大事呢？”

世民这一番分析，有条有理极有气魄，表现出勇往直前的精神。可见得天下的任何事，如自悲观的角度看来，往往一筹莫展；可是，若自积极的眼光衡量，任何困难都可以克服。

但是，李渊听不进去李世民的意见，他有些心灰意懒，而且又不放心太原的根据地，因此他执意立刻班师后退。

李世民军营夜哭

李渊的西征部队，受挫于隋朝大将宋老生，被阻在河东地带，渡不过黄河，又连遭大雨，军队中粮食欠缺。此时，风闻刘武周要借助突厥的军队攻打太原。军中的将领如裴寂等，都主张先掉过头回到太原，以后再做出兵的打算。

李世民独排众议，他认为凡事自消极的眼光看来，无不困难重重；自积极的角度看来，困难都是可以克服的。但是，李渊不肯听儿子的劝告，他颁布了军队向后退的命令以后，径自回营去休息了。

世民还想要去说动父亲把部队留下，然而天色已晚，李渊上床睡觉去了，很不方便冒冒失失地闯进去。

如果是别人遇到这种情形，只有两手一摊，徒呼奈何，毕竟已经尽过力量了，天意如此，难以挽回。

然而，李世民不一样，他仍旧不肯死心，急中生智，两脚一分，坐在营帐外，开始嚎啕（háo táo）大哭。起初只是断断续续地抽泣，到后来愈哭愈大声。在凄清的夜里，听得人寒毛直立。

正在梦会周公的李渊也被哭声惊醒了，他披上外衣到帐外看，发现世民哭得眼睛快要睁不开了，讶异地问道："你干什么如此伤心？"

"现在军队往前作战会得到胜利，往后退就会到处逃散，而且敌人正好乘机攻击我们。如今死亡即在眼前，我如何能够不悲哀呢？”世民一边擦眼泪，一边陈述理由。

这时李渊也觉悟了，如此一后退，人心涣散，敌人也会乘虚而入，不禁长叹一口气：“可惜晚了一步，如今军队已开拔了，也没法子挽救了。”

“还来得及。”世民抢着说，“右军尚未出发，左军虽然已经开拔，想来还走得不远，请父亲立刻命令我去把他们追回来。”

李渊看着儿子如此锲（qiè）而不舍，忍不住笑骂道：“事情的成败，完全在你的身上了，我没有什么好说的，随你去吧！”

李世民一听此话，立刻飞奔上马，连夜将左军追到。把正在撤退的大军，硬是给截了回来。

说也奇怪，自此以后，运气逐渐好转，刘文静从太原运来了粮秣。八月以后，雨也渐渐停了，太阳露出了笑脸来。李渊开始命令部下，把快发霉的铠甲行装，搬到太阳底下曝晒。

然而，李渊依旧忧心忡忡，他愁眉不展道：“万一宋老生不肯出来应战，僵在这儿，他没有关系，我们可没法子长期耗下去。”

“别急！”世民胸有成竹，拍着胸脯，“宋老生这个人有勇无谋，我们向他挑战，他不会不出来的。”

李渊摇摇头：“万一，他不肯上当，硬不出来，我们又攻不进去，怎么办?”

“这个很是容易，他要是固守不出，我们就开始造谣，说是宋老生不肯出来应战，因为他已暗中投降李渊大军。如此一来，必有多嘴多舌的人，把话传到皇帝耳中，他还敢不乖乖出来交兵吗？”李世民把一切都考虑妥了。

于是，世民和他的大哥建成率领着骑兵来到城下，然后破口大骂，用种种的话侮辱宋老生。正在叫嚷着“哈，果然没有种”时，宋老生气得大开城门，率军三万，扑将过来。

世民引兵，直冲入宋老生的行阵之中。在宋老生背后，一口气杀了数十人。直杀得双手提着的两刀皆有缺损，袖子上沾满了鲜血。他用水洗去鲜血，又继续作战，并且放出谣言：“已经捉到宋老生啦！”

在一片混乱的情形下，隋军以为宋老生被擒，军心大失！而李渊的部队，得此鼓励，愈战愈勇，不一会儿的工夫，城门已被攻下。宋老生恼羞成怒，准备下马投入护城河内自杀，却被刘弘基一刀砍死。

李氏举兵响应父亲李渊，选自《马骀画宝》。

以后，李渊的大军，一路上都极为顺利。前面说过，李渊除了四个儿子，还有一个女儿，嫁给柴绍。

早在李渊于太原起兵之时，柴绍也赶往太原。临行之前，柴绍对夫人李氏说：“岳父起兵，我们无法一块去，留在此地，恐怕会有祸患，应该如何是好呢？”

“你赶快走吧，我一个妇道人家，容易藏匿，我自己会有办法的。”李氏催促着。

等到柴绍一走，她回到鄠（hù）县的庄园，变卖家财，纠集徒众。这一会儿听说父亲李渊的大军，已经渡过黄河，二哥李世民的部队也到达了渭北。她立刻率领一万多名勇士，浩浩荡荡开入渭北，与哥哥李世民会合，人们称之为“娘子军”，表示她不让须眉之意。

在娘子军的襄助之下，一路势如破竹。大业十三年（617 年），李渊攻下隋都长安，立代王侑（yòu）为帝（是为隋恭帝），遥尊炀帝为太上皇。（请注意：此时炀帝仍未被杀，只是为着让读者便于阅读，我们把炀帝被杀的故事先交代在前面。）

第二年，大业十四年（618 年），炀帝被部下宇文化及所杀。李渊受禅称帝，改元武德，是为唐高祖。立长子建成为太子，次子世民为秦王，开启了我国历史上最为光辉灿烂的大唐帝国。

如果李渊没有听从世民的建议，稍遇挫折即返回太原，怎么会有以后的唐朝？可见得天助自助，上天是帮助能够帮助自己的人。人生到处充满了困难，我们应该要效法李世民的奋斗精神，才能建立成功的事业。

轻薄公子宇文化及

在隋炀帝大业十四年（618 年），炀帝被部下宇文化及等缢死。消息传到长安，唐王李渊自立为皇帝，是为唐高祖，年号武德。所以，大业十四年（618 年），也是唐朝武德元年。

唐高祖虽然即位为君主，然而此时全国并未统一。由于炀帝的荒淫暴虐自古少见，因此各地起兵反隋的义兵多达一百四十多路人马。我们把重要的人物故事，逐一加以介绍。第一个开场的不是别人，正是弑（shì）炀帝的领袖——宇文化及。

宇文化及是左翊（yì）卫大将军宇文述的儿子，此人个性凶暴阴险，不喜欢尊重礼俗法规，年轻的时候，经常挟着弹弓，骑着快马，奔驰在长安道上。行人都在后面指指点点："哪！这就是咱们长安市上有名的轻薄公子。"

隋炀帝为太子时，也是一个好色贪玩的公子哥儿，与宇文化及臭味相投，只是炀帝善于伪装，一般人不知情罢了。他与宇文化及十分要好，甚至常常出入宇文化及的卧室之内。

因为家世显赫，宇文化及很轻易地做到了太子仆。然而他品行不端，有收红包的习惯，三番两次被免官，幸亏炀帝与他有交情才能复职。后来，宇文化及的弟弟宇文智及娶了南阳公主，有了坚硬的靠山，宇文化及更加张狂，出言不逊，看到人家有什么珍贵的狗马珍玩，一定要想办法弄上手。旁人也不敢得罪这位公子哥儿。

等到炀帝正式即位为皇帝，宇文化及更加有恃无恐，竟然违背法令，与突厥人做买卖，谋取厚利。结果被炀帝晓得了，大为光火，把宇文化及关了几个月，还准备杀头。若非南阳公主的面子大，宇文化及的脑袋就要搬家了。

一直到宇文述去世，炀帝想起他还有一个宇文化及这个儿子，又再起用他当右屯卫将军。

后来，炀帝三度游幸江都，此时全国已动乱不堪，李密军队的声势浩大，炀帝心里很害怕，不想回到关中，有意在江都留下。可是随行的官兵多半为关中人，思乡情切，纷纷开溜。

大将司马德戡（kān）很伤脑筋，他压不住士兵，又不敢把骁果（英勇的将士）逃亡的事情禀报炀帝。以炀帝那种火爆脾气，知道了消息，一定先斩司马德戡出气。但是不禀报炀帝，等到骁果都逃光了，炀帝一样会动怒。情急之下，司马德戡采用赵行枢的建议，说动宇文化及为首领，发动政变，杀掉了炀帝。

从此，宇文化及据有三宫六院，奢侈浪费一如炀帝，每天在牙帐之中高据南面（古时帝王之位向南，所以称君主为南面），以皇帝自居。有人向他禀奏事情，他都低着头不讲话，一副莫测高深的模样。下了牙帐之后，再回去找参谋研究对策。

当宇文化及率领十余万之众浩浩荡荡离开江都向西行之时，走到徐州，水路不通，他命令手下去抢了二千辆的牛车（按隋唐时，官兵乘坐及运输，多使用牛车，没有牛车的地方，才使用马驴）。他又载了大批的珍宝，再加上戈甲戎器，都要靠士兵背负，因此人人怨声载道。

司马德戡气得对赵行枢发牢骚：“都是你干的好事，推荐这样一个活宝，在拨乱反正的今天，正需要英明的贤主领导，宇文化及昏庸无能，如何能成大事？”

“对你我而言，废掉他有何难处？”赵行枢拍着胸脯回答。于是他两人积极策划去掉宇文化及之事。不料请神容易送神难，宇文化及先一步逮住了司马德戡。

宇文化及对司马德戡道："与你合力去掉炀帝，共定海内，如今事情刚刚成功，正好可以共享富贵时，你又何必造反呢？真叫人想不通。"

司马德戡厌恶地瞪了宇文化及一眼道："本来冒险杀掉昏君，是因为苦于炀帝的淫虐。没想到推立足下之后，比炀帝有过之而无不及。所以，不得不杀掉你，以服人心。"话还没说完，宇文化及已经派人缢死了司马德戡。

宇文化及，选自清刊本《说唐演义全传》。

除掉司马德戡以后，宇文化及身边更没有富于谋略的人才，军事连番失利。李密知道宇文化及的军粮快吃光了，故意派人来与他联合。宇文化及以为救兵即来，命令饿了几天的士兵，痛痛快快地把剩下的粮食吃光，打过牙祭之后，才发现李密的诡计。原来，李密根本没有要援救宇文化及的意思，气得宇文化及直跺脚。

宇文化及的手下，眼看着走上穷途末路了，也都纷纷求去。他一筹莫展，只有沉醉在美人和醇酒之中，寻找片刻的麻醉。他醉醺醺地对弟弟宇文智及说："当初我也不知道你们要杀炀帝，是你们强拉我参加的。现在一无所成，我又背了弑君的罪名，为天下所不容，难道不全都是你的过失？"

宇文智及冷笑道："噢，当初事成之日，你为何不怪我？"

宇文化及自知必败，叹着气自语："反正是会完蛋的，不如当个皇帝过瘾。”因而即帝位于魏县，国号许，改元天寿。

不过，他当这个皇帝没有当上好久，就被窦建德用牢车载到河间问斩。我们常谓“时势造英雄”，然而，空有时运，自己没有本事也是枉然。宇文化及虽有很好的机会，可惜终究是个不成材的轻薄公子，难成大事乃是意料中的事，又何必怪罪他人？

王世充伪装诚恳

在上一篇《轻薄公子宇文化及》之中，我们介绍了杀掉炀帝的宇文化及之后，再介绍一个反隋的代表人物王世充。

炀帝是一个贪婪好财的君主，特别欣赏下属奉送厚礼。当他在大业十二年游幸江都时，有一个江都郡丞献上珍贵的铜镜和屏风，立刻被拔擢（zhuó）为江都通守。这位善于阿谀（ē yú）的大臣正是王世充。

王世充，本姓支，西域胡人，因为母亲改嫁霸城王氏，冒姓为王。在隋文帝开皇年间，因军功做到汴州长史。他生有一张能说善道的利口，又善于察言观色，马屁十足，官运颇为亨通。

有一回，突厥兵在雁门把炀帝团团围住，王世充发动江都人前往赴难，他在军队里，整日蓬头垢（gòu）面，哭哭啼啼。到了晚上，也不把笨重的铠甲换下，只在草堆上打个盹，表示时时刻刻不能忘怀炀帝的安危。后来雁门之危解除，炀帝听说他的忠心，感动得说不出话。哪怕炀帝平日是疑心病最重的皇帝，也被王世充的“诚恳”打动了铁石心肠。

以后，江都发生政变，宇文化及等杀掉了炀帝，率众西行，王世充正在东都洛阳留守。听到凶耗之后，拥立越王杨侗为皇帝，改元皇泰。

杨侗其实仅仅是一个傀儡，实际掌握政权的是王世充，办起事情来，往往先斩后奏。杨侗相当不开心道：“擅自诛杀，不先禀奏，哪里是为臣之道，你想要扩充势力危害我吗？”

王世充立刻一头栽在地上，流着眼泪道：“臣蒙先皇帝的提拔，粉身碎骨无以为报，如果内藏阴谋，违背陛下，让臣全家族一起消灭，不得好死。”他边哭边说，使得杨侗非常感动，拉着他的手去晋见皇太后，任命他为左仆射，总督内外军事。

其实，王世充是个有野心的人，他最大的本事在于收买人心。他曾经立了一块牌子在府门口，牌子上写着：一、征求文学才干足以拯救时局者；二、征求武勇智略足以冲锋陷敌者；三、征求有冤枉不能伸张者。

这三块牌子一贴出来，吓，不得了！大批大批自以为有才略和自认有冤屈者络绎不断地上门。王世充不厌其烦，逐一加以接见，亲切地垂询再三，殷勤地安慰告谕。每一个走出大门的人，无不面有喜色，而且夸奖道：“他多诚恳啊！”

也有着那自认有满腹才华的人，以为献上计策马上可以实行。可是，时间一天一天的过去，人们发现尽管王世充嘴上赞美不已：“高见，高见！”其实没有一件事真正听进去了。他对身边的仆役、奴才，也都是装着一副笑脸，亲热非常，只是这一切都是表面功夫，他没有接纳善言的雅量，也舍不得给部下任何实惠。

除了做作的诚诚恳恳予人反感之外，王世充还有一项令人讨厌的毛病，说话啰啰嗦嗦，不得要领，一遍又一遍地重复。甚且当他篡夺了帝位，上朝登殿时，仍然千端万绪讲个不停。每次上朝，臣子们都听得极为不耐烦，恨不得用棉花把耳朵塞起来。御史大夫苏良曾经上谏道：“陛下说话太多，又不得要领。指示宜在明确，何必费辞太多。”

王世充听了，低下头来沉思许久，他没有怪罪苏良的直言，但是这个多话的毛病，始终改不过来。

在军事上而言，王世充曾大有斩获，打败李密，对李密的降将也十分礼遇。其中有两位降将是大家所熟悉的：一个是秦琼，就是秦叔宝，平剧中有一出有名的戏叫“秦琼卖马”；另一位是程知节，也就是“半路杀出个程咬金”的程咬金。此二人的故事，并不一定如戏剧中所描写的，不过确有其人，而且是隋末唐初很有名气的大将。

秦琼，清内府彩绘本《庆赏昇平》之《千秋岭》。

他们两人都不喜欢王世充多诈的性格，程咬金对秦叔宝说：“王公这个人器度狭浅，喜欢吹牛，又爱呼神弄鬼，好为咒誓，简直像一个老巫婆，哪里是一位拨乱反正的人物呢？”

因而，在一次与唐朝军队交阵中，秦叔宝与程咬金下马对王世充说：“我们深受特殊礼遇，常常想要报效尽忠，然而你性喜猜忌，喜信谗言，不是仆能托身之所。因此，现在我们不得不告辞了。”

程咬金，选自《历代名臣像解》。

后来，他们两人投靠了李世民，成为唐朝玄甲（黑战衣）骑兵团的主力，一起出兵攻打王世充。

一回，李世民要去探查王世充军营的虚实，带了几十名精骑冲入敌阵之中。他身先士卒，所向披靡，却不料在一道长堤之上，与军队走失了，只有将军丘行恭留在身边。这时被王世充骑兵发现，李世民的马被流矢射中，倒地而亡。世民也被摔在马下。幸亏丘行恭把马让给世民骑，他一人手持大刀，连砍数人才能突阵而去。

世民虽然险些送命，仍然毫不畏惧进攻洛阳城。城中王世充守备极严，大炮飞石，重五十斤，两百步内不断落下，世民一直攻不进去。士兵们经过十多天的苦战，也想休息。世民说："不可，如今大举而来，理当一劳永逸，洛阳不破，师必不还！有谁再敢言班师者斩。"

正在这个紧张的时刻，在河北，另一支反隋的大将窦建德的救兵已至，对王世充而言，援兵及时赶到实在太好了。

窦建德真够义气

王世充死守洛阳，唐朝的李世民猛攻不进，两人斗得天翻地覆之时，王世充搬来了另一名反隋大将——窦建德当救兵。

这时的洛阳城中一片凄凉，因为粮食不得运进，所以一匹布的价钱只能换得一斤盐，珍珠宝贝都没人想要了，填饱肚皮要紧。等到树叶草根都吃完以后，人们把浮泥与米屑和起来做饼，这种泥巴饼不仅难吃，而且不卫生，吃下去以后全身浮肿，更有不少人因而一命呜呼。所以窦建德的到来，实在是王世充的一大喜讯。

窦建德是何许人也？让我们先把围攻洛阳城的战事放下，为大家介绍一下。

窦建德是贝州漳南人氏，胆力过人，颇有任侠之风。他自小就以重视诺言，为人最有义气著名，很得到乡里人的敬爱。

有一天，窦建德正在田中除草耕田，忽然远远听到有人在哭泣。他放下犁锄跑去一看，原来有一个乡人家里死了亲人，又因为家贫没法办理后事，所以哭得凄凄惨惨。

窦建德听了长叹一口气，心中暗想：生离死别已为人生最大憾事，再加上没有能力为亲人安葬，实在是令人同情。因此，他田也不耕了，径自做主为乡人风风光光办妥了后事。这种义行，博得众人一致的称扬，以及发自内心的赞佩。所以当窦建德父亲过世之时，前往吊丧送丧者达到千余人之多。但是人们所送来的奠仪，窦建德都推辞不肯接受。

隋炀帝大业七年（611 年），招募壮士前往讨伐高丽（lí），窦建德因为十分勇敢，小有名气，被选为两百人长。他有一个同乡叫孙安祖，也是因为骁勇被选中。孙安祖不想去高丽，到县府对县令说："我家里最近被大水冲走，妻子又活活饿死，情况特殊，能否暂缓这项差事？"

县令用鼻孔哼了一声："小子你不想去？"就命令人把孙安祖打了一顿。孙安祖家中遭遇变故，心情极坏，盛怒之下，竟然把县令给杀死了。

这下子，孙安祖闯了大祸，他走投无路，来到了窦建德的家中，窦建德就收留了他。可是官兵挨家挨户地搜查，迟早会被逮着。窦建德便对孙安祖说："以前文皇帝在位之时，天下富足，他发动百万军队前去讨伐高丽，尚为高丽所败；现在水灾过后，人民穷困，竟然又要发兵。我知道有个地方叫高鸡泊，地广数百里，深草及膝，便于藏匿。你不如带领一些人到那儿去，静观时变，或许能为天下百姓立功也不一定。"

孙安祖点头称是。于是，窦建德就帮他募来一些逃兵和无赖，一块儿到高鸡泊去当强盗，孙安祖自号为将军。

由于炀帝倒行逆施，加上山东地区又大闹饥荒，所以落草为寇、改行当强盗的人还真不少。例如张金称和高士达都是。因为窦建德这人很够义气，因此强盗来往于漳南之间，虽然打家劫舍，焚烧屋庄，单单不入窦宅。

地方官吏判断其中有问题，如果不是窦建德与强盗们暗中有来往，为何窦家每次都能幸免灾祸？一怒之下，便把建德家中的父母妻儿杀了个精光。

在外的窦建德听到噩耗，又气又恨，既然无家可归，他也只有领着一小队的人马，前往高鸡泊。由于他很会打仗，又不滥杀无辜，声威一天比一天壮大，拥有十余万之众。等到打下了乐寿，他宣布成立政府，自封为长乐王。

窦建德很能卑躬屈节接待士人，又能与士卒同甘共苦，平均劳役，很得下属们的拥戴。而且他每回打了胜仗，所得到的财物，统统分给将士，自己一无所取。并且他不爱吃肉，只吃一些简单的蔬菜及糙米饭，他的妻子曹氏穿着十分简陋，所用的婢妾也不过十来个。甚且当他得到隋朝的后宫佳丽千余人，都是为炀帝千挑万选的绝色美人，窦建德也很仁慈地把她们都放散回家。在隋末起义的大将之中，能和他一般不尚奢侈，保持农民俭朴美德的，倒还真不多见。

后来，当宇文化及杀掉了炀帝，乃在魏县即帝位。窦建德知道了，难过得痛哭流涕，对内史侍郎孔德绍说："我作为隋朝的百姓已有数十年之久，隋朝为我等的君主也有二代了。现在宇文化及大逆无道，他是我们的仇人，我等去讨伐宇文化及如何？"

孔德绍说："现在海内无主，英雄角逐天下，大王你以一个布衣崛起，隋朝郡县官人无不争先归附，宇文化及这个小子与国有联姻的关系，父子兄弟都受隋朝的恩泽，竟然杀掉了皇帝，乃天下之贼也，这种人怎么能不讨伐呢？"

窦建德立刻率兵前往征伐宇文化及，只有三两下就把宇文化及打得落花流水，然后入城进谒（yè）炀帝的皇后萧后，自称为臣，并且用牢车把宇文化及和他两个儿子绑到大殿问斩。一些参与谋刺炀帝的如宇文智及和杨士览等人，也一并斩首。

读者看到这儿或许会奇怪，窦建德是一个反隋领袖，为何又要为炀帝报仇，甚且还为炀帝素服发丧，哭得昏天黑地？这是因为在君主时代，皇帝乃是至高无上的。不论皇帝如何为恶，弑君之罪仍为不可饶恕。所以，窦建德认为反抗暴政是一回事，对君上还是要保持一种尊敬的态度。这种心理，反映了当时人民的思想，不足为奇。

窦建德自斩左右手

窦建德起兵后不久，碰到一个劲敌——隋朝河间郡丞王琮（cóng），死守城池，坚拒群盗。窦建德一连攻了一个多月还是攻不下。正在这时，听说炀帝被宇文化及等杀死，王琮命令全军戴孝，所有守城墙者都失声痛哭。窦建德还派了使者前去吊祭。（在上一篇中，我们说过，后来窦建德杀了宇文化及，为炀帝报仇，因为在当时人心目中，皇帝仍然是神圣不可侵犯。）

这时，王琮派人前来请降，窦建德为着表示礼遇，把军队向后撤退了几里，准备了丰盛的酒食宴请王琮。王琮谈到炀帝一死，隋朝将亡，忍不住掩面而哭，窦建德也在一旁悄悄落泪。

将领们看着他二人谈得十分投机，不以为然道："王琮抗拒我军，杀伤无数，如今因为兵败力尽方才投降，我们请求把他给烹了。"

窦建德摇摇头，不以为然道："王琮是个忠臣，我正想要奖赏他，作为尽忠君主的榜样，怎么可以把他给杀了？以前我们在高鸡泊地方当强盗，或许还可以胡乱杀人，现在想要安百姓，定天下，岂得害忠良乎？"并且传令三军，"哪一个以前与王琮有过怨恨，想要轻举妄动者，先夷三族。"（三族指的是父族、母族与妻族。）

同时，窦建德任命王琮为瀛州刺史。因为他善待隋朝官吏，河北郡县闻之，争相依附建德。

当窦建德攻陷了景城，逮住了户曹，因为这位户曹平日对老百姓十分宽厚，所以县民千余人悲泣不已，争着要代替户曹去死。窦建德不但把户曹给放了，更且任命他为治书侍御史。

窦建德，选自《说唐演义全传》。

在隋末起兵的将领之中，窦建德是一个比较有才有德，而且又有领袖精神的义兵领袖，也可以说是惟一能与唐朝李渊和李世民抗衡者。

不过，窦建德做错一件大事：他有一位大将王伏宝，勇冠三军，所向无敌，几乎每一场重要的战役都是他打的，所以十分招嫉。军队中其他的将领便联合起来对付王伏宝，诬陷他谋反。窦建德不能明辨是非，竟然把他给杀了。临刑前，王伏宝伤心地哭诉："大王奈何听信谣言，自斩左右手。"此后，建德的兵力大不如前。

王世充被唐朝李世民围困在洛阳，城内弹尽援绝，因此请求窦建德拔刀相助。于是，建德率领了三十万大军，水陆并进加入战场，并且写了一封信给李世民，请求："退军潼关，偿还王世充的土地，复修旧好，共订和约。"

李世民收到信以后，立刻召开紧急高级干部会议，许多人都认为窦建德来势凶猛，不如暂时撤退，以避风头。但是有一位薛收提出反对意见："现在王世充守着洛阳，他所带领的兵都是江淮精锐，所差的只是粮食，万一窦建德与王世充两军联合，这一场仗就有得打了。如果我们一方面派兵守在洛阳城外，筑起深沟高垒，不与王世充作战，活活把他饿死；另一方面先到虎牢关，以逸待劳，等着窦建德大军前来，那么，不过二十天，二王都会被我们擒住。”

李世民本来就是一个勇于面对挑战的人，他立刻采纳了薛收的建议，一面围困东都洛阳，一面自己率领了程咬金、秦叔宝、尉（yù）迟敬德等大将东赴虎牢关。世民神气地对尉迟敬德道：“我执弓矢，你拿槊（shuò）相随，就算有百万大军，咱们也不怕。”又接着说，“他们看到我，一定吓一跳。”

李世民一行到了窦建德的营外，遇到了巡逻兵，巡逻兵以为来者是唐朝派来伺察的斥候，不料李世民大呼一声：“我是秦王！”说着，引弓射之，射中窦军的一个将领。建德军中派出五六千骑兵追赶，世民带领的五百将士大惊。世民说：“你们先退，我和尉

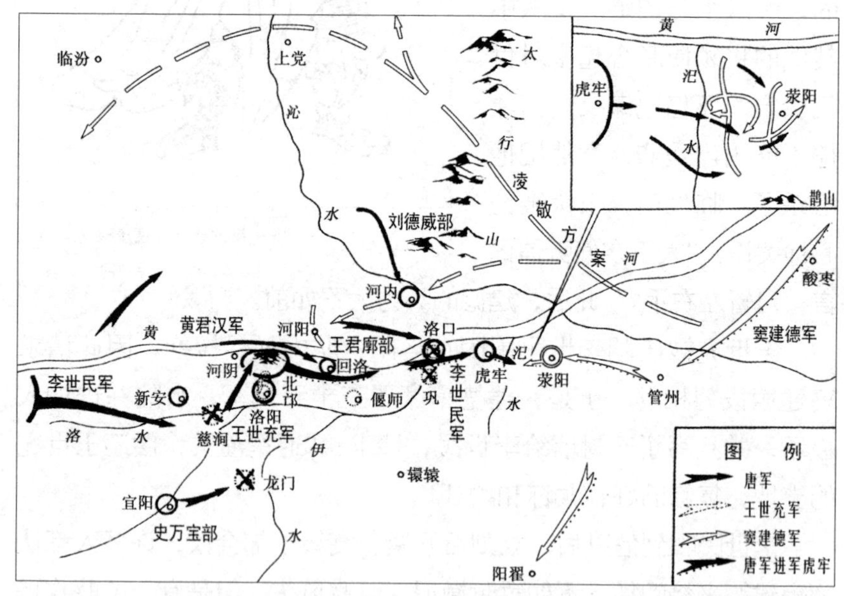

唐军于洛阳、虎牢败王世充、窦建德军之战示意图。唐高祖武德三年（620年）七月，李世民率军进攻洛阳王世充部，并相继占领洛阳外围要地龙门、河内、洛口、回洛、北邙。次年二月，开始围攻洛阳城。王世充困守，向窦建德乞援。窦建德于是率军西进，连下管州、荥阳、阳翟，屯于虎牢以东的东原。面对强敌，李世民留一部围困洛阳，自率军进驻虎牢，抵抗窦建德。不久，唐军用计破窦建德，王世充也被迫出降。

迟将军殿后。”

于是，世民与敬德拉着马缰徐行。追兵将至，李世民引弓射之，每次都射中一个，使得追兵十分畏惧，不敢前来。过一会儿，追兵鼓起勇气向前几步，世民又射死几人，尉迟敬德也横槊（shuò）连毙数人，李世民打了一个漂亮的胜仗。

但是，窦建德仍然看轻唐军，他派了三百骑兵渡过汜水，距离唐营只一里处停下，遣使对世民说：“请派几名精锐的勇士，咱们玩一玩。”意思是比武。结果两军交手，互有胜负。这时，王世充手下王琬，骑着自炀帝那儿带来的战利品——一匹骏马在阵前耀武扬威。李世民爱马，是历史上有名的佳话，因而透着羡慕的口气道：“他所骑的真是一匹骏马。”尉迟敬德听了，便上前与之交锋，夺下了良马。

窦军因为轻敌，在神不知鬼不觉中，唐军已偷偷来到建德的阵营之后，前后夹击。建德急忙引兵击之，两军大战，尘埃弥天，建德中槊坠马，被俘虏入唐营帐幕之中。李世民生气地说：“我自讨王世充，干你何事？为何越境，犯我兵锋？”

窦建德回答：“我现在如果不来，等到你打败王世充之后，一样会来找我。”

救兵既败，王世充也请降。李世民对王世充笑道：“你常笑我只是一个童子，现在见到童子，为何如此恭敬呢？”

凭着李世民的英勇，他一下子制伏了两名强悍对手。

刘黑闼杀牛待客

王世充与窦建德被押解到长安后，窦建德被斩于太庙，王世充被废为庶人。唐朝平定天下的大业，又往前迈进了一大步。

不过，窦建德虽然兵败被杀，他的势力却没有完全削平。当他大军失利之时，手下的部将已经偷偷藏匿不少兵器、库物及钱财，等到窦被问斩之后，他们就利用手上的武器财货，在地方上继续活动。

唐朝的官吏依法予以拘捕，或者狠狠地用刑，打个几百下屁股。

因为窦的部将在乡里横暴，地方百姓引以为患，所以唐朝政府下令窦建德的部将高雅贤和范愿等前往长安，以便就近看管。范愿等不愿意到长安去，互相商量道："王世充在洛阳投降，他手下的骁（xiāo）将杨公卿和单雄信都被灭族。我辈如果前往长安，也没有保全老命之理。何况我们十年以来，身经百战，如果要死，早就应该上西天了，现在这条命是捡回来的，又有何珍惜？不如重新建立一番大事业。而且夏王窦建德以前捉到淮安王，用客人之礼对待他，可是唐朝得到窦建德，竟然不由分说地问斩在太庙。我们都是窦建德的爱将，今天如果不为他报仇，将无颜面见天下之士。"

"对！对！"他们几人七嘴八舌地附议着，一致表示赞同。他们在未入高鸡泊当强盗以前，本来也是无赖流氓，天生是亡命之徒，比较习惯刀下淌血的日子。不过这些人也有自知之明，晓得自己有勇无谋，不足以号召天下。于是，准备找一个领袖带头。找什么人才合适呢？求神问卜的结果，姓刘的为大吉大利，所以一行人积极地物色刘姓旧将。

窦建德有一位大将名叫刘雅，在军中名气不小。范愿等人遂即前往漳南，拜见刘雅，希望他能出面领导东山再起。

哪知道刘雅早已脱下戎装，不问世事。他坚定地摇摇头道："现在天下刚刚安定，我将终老于耕桑，不愿意再起兵。"

刘雅这番话说得极有道理，以前起事为的是反抗隋炀帝的暴政，如今的唐朝政府清廉爱民，又何必要去动刀动枪骚扰百姓呢？他们听了刘雅的话，忠言逆耳，颇感不是滋味。满怀欣喜跑来，竟被浇了一盆冷水，愈想愈觉火大，又担心刘雅将会泄密。于是，一不做，二不休，竟把刘雅给杀了。

杀掉了刘雅之后，仍然缺少一个姓刘的领导者。范愿等人想了半天，终于想到了另一个合适的人选，刘黑闼（tà）。

刘黑闼是贝州漳南人，是个无赖。喜欢喝酒、赌博，不务正业，他的父兄都很厌恶这个不肖子弟。前面说过，窦建德这个人十分豪阔，喜欢结交三教九流的各色朋友，所以旁人都不屑理会刘黑闼，窦建德与他的交情倒不坏。刘黑闼好吃懒做，家里又穷，时常厚着脸皮向窦建德要钱，窦建德也不以为忤（wǔ），只要手头方便，没有不答应的。

后来，刘黑闼跟着郝孝德当强盗，又曾归李密当裨将，最后被王世充俘虏。因为看不惯王世充的作风，再度亡归窦建德。他与建德本为旧识，窦建德便任命他为将军，封为汉东郡公。

刘黑闼为人奸诈，加上跟过不少强盗混日子，见多识广，更加善观时变。窦建德利用他这个本领，每次打仗之前，总是派刘黑闼去当间谍，渗入敌人之中一察虚实，或者命令他带领一队骑兵，出其不意乘机奋击，常常能够大获全胜，因此在军中号为神勇。自从窦建德失败之后，隐姓埋名，回到漳南老家杜门不出。

因为刘雅不肯出山，范愿等人想起了刘黑闼。范愿对大家说：

耕稼图，敦煌壁画。

“汉东郡公刘黑闼，为人果敢，多有奇略，宽仁容众，对士卒有恩，我常听说将有姓刘的要当王，看来就是指他。我等如果要举大事，收服夏王窦建德的旧部，绝非此人不可。”

被范愿一说，大伙又心头热起来，兴冲冲地前往刘黑闼处。走了没多久，就看到他穿着短裤，戴着斗笠，正在田里浇水。

范愿等人把来访的经过告诉刘黑闼，并且又捧了他一番，说是问卜之后，姓刘者为大吉大利，可见乃天命刘黑闼应该为王如何如何。

刘黑闼本来是个无赖出身，虽然放下屠刀，改行当农夫，到底江山易改，本性难移，对于每天锄草、施肥、浇水的繁重农事，早已感到不耐，只是不得不尔；如今时来运转，有人登门拜访，邀请出山，岂有不答应之理。

“好！我答应你们！”刘黑闼把锄头一甩，丢到田里去，以后也不需要这个东西了。“来！我来请你们喝酒！”为着表示老大的气派，刘黑闼拍着胸脯，邀请众人回家畅饮。

可是家中空空如也，拿什么待客？“对了，不如把老牛给杀了！”可怜的老牛刚才还为刘黑闼在田中卖命，一会儿就成了这群人下酒的美味。他们边吃边谈，商讨如何夺得天下的大计，不亦快哉！

李玄通舞剑

刘黑闼凭借多年的经验，很能打仗，他在漳南纠集了数万人开始起事。唐高祖李渊命令淮安王李神通率军讨伐，被刘黑闼打得大败，士马军资损失三分之二。

在高祖武德四年（621 年）十一月，刘黑闼攻陷了定州，俘虏了定州总管李玄通。刘黑闼对李玄通的才干十分欣赏，舍不得杀他，有意拔擢（zhuó）李为大将军，但是李玄通说什么也不答应。刘黑闼只好派人先把他看守在牢里。

到了傍晚，李玄通的故交派人送了酒菜来。李玄通坐在监牢里，好好地吃了一顿，自言自语道："诸君哀怜我被幽囚，忍受着屈辱，特别带了酒菜以安慰我，我自然不能辜负诸君的美意，当为诸君一醉。"

于是，他把送来的菜一扫而光，又喝了不少酒，喝得醉醺醺时，对守卫的说："我要舞剑，请把你的刀借给我用一用。"守卫的见他情绪开朗，也吃了不少，更知道李玄通是刘黑闼所想重用的人，不敢怠慢，立刻把剑递了上去。

李玄通接过剑，舞了一番之后，叹息道："大丈夫受国之恩，在一方面镇守，不能够保全领土，还有什么面目活在这个世界上呢？"说着，举起剑往腹中猛刺，肠破血流，当场毙命。

唐高祖听到李玄通殉国的消息，难过得哭了一场。为着表扬李玄通的英烈，特任命李玄通的儿子为大将军。

唐代贴金铠甲骑兵俑，陕西省乾县懿德太子墓出土，陕西省博物馆藏。

刘黑闼乘胜追击，攻克洺州，正式成立政府，自号为汉东王，焚香告天，并且设坛祭拜窦建德。眼看着刘黑闼的声势日壮，唐高祖只有再派他勇敢善战的儿子李世民前去讨伐。

由于刘黑闼的运粮船车被唐军截击焚毁，因此与李世民相持了六十多天，虽屡次打败唐军，依旧两军僵持不下。有一次，刘黑闼偷袭唐军营地，李世民率领一批人马正在营后掩护，结果被刘黑闼所困，动弹不得。

世民手下的爱将尉（yù）迟敬德率领壮士突围而入，历经万险，才把世民救出。李世民经过数次大难不死，依旧勇气十足，并没有因为一两次的挫折而丧失锐气。

他对手下说："刘黑闼虽然兵力威猛，但是他的粮草所剩无几。我猜想：在短期之内，他必定会来决一死战。"

然后，李世民前往洺水上游，对着守堤防的官吏说："当我与贼大战之时，你就把堤防打开。"

果然，不出李世民所料，过了没有多久，刘黑闼亲率步骑二万，南渡洺水，压唐营而过。李世民也挑选了精壮的勇士迎上阵去，一举大破刘黑闼的兵马。但是，刘黑闼可也不是省油的灯，他率领部队作殊死战，从中午一直打到黄昏，打得昏天黑地，互有胜负。

眼看着刘黑闼的军队将要不支，黑闼手下的大将王小胡悄悄靠近了他身边，小声地说："我们的力量差不多了，要走就要赶快。"

刘黑闼自忖，留得青山在，不怕没柴烧，眼前不如暂时告退。于是，拉着王小胡偷偷摸摸离开了战场。他手下的士兵还不知道将领已经开溜了，仍然在与唐军作最后的奋战。正在此时，忽然"哗啦"一声，堤（dī）防缺口放水了，大量的洪水如万马奔腾般涌至，深达一丈余高，连人带马一块儿冲了下去，刘黑闼的部队淹死了几千名。

这个时候，山东完全平定，河北的属地完全归于大唐帝国的版图。李世民威风凛凛，高奏凯旋歌，返回长安。

俗话说："擒贼要擒王。"因此，虽然刘黑闼的大军被一举消灭，但是他本人成了漏网之鱼。刘黑闼愈想愈不甘心，可是手下仅余数百骑兵又能如何？他本是一个为达目的不择手段之人，灵机一动，把脑筋转到突厥上面，于是投奔突厥去了。

刘黑闼在突厥待了半年，率领突厥士兵再打回河北，一连攻破定州、瀛州、洺州、贝州等地，各州郡纷纷又归向刘黑闼。唐朝大为震惊，唐高祖派遣太子建成出兵抵御。

太子的参谋魏徵（zhēng）（他就是历史上向唐太宗劝谏的有名大臣，此时为建成所用）对太子说："过去我们打败刘黑闼的军队，他的将帅都被处死，妻子都被俘虏，所以他的手下都不敢投降唐朝。现在，我们虽然下了诏书，赦免刘黑闼党羽的罪状，他们都不敢相信，不如先放走一些关在牢里的俘虏。那么，我们就可以坐视他的手下纷纷离散了。"

魏徵的这一计十分有效，刘黑闼的手下看到唐朝对降将宽大为怀，不约而同地归顺了。

武德六年（623年）正月，刘黑闼被官军所逼，日夜奔走不得休息，率领最后几百随从，又饿又累地来到饶阳城外。饶州刺史诸葛德威原为刘的人，出城迎接刘黑闼。刘不肯进城，诸葛德威哭哭啼啼，硬要把刘拉入城内。他说："难道还不相信我吗？"

刘黑闼看诸葛德威一片诚意，而且也的确走不动了，也就答应入城内。诸葛德威宰了一头肥猪，又搬来一石酒，刘黑闼等人很高兴，正在大吃大喝，诸葛德威忽然派兵把刘黑闼给逮住了，送交太子建成。

临刑前，刘黑闼自叹："我本来在家安分守己地种菜，哪想到今天落此下场，我是上了高雅贤等人的当了。"这时刘黑闼万分后悔利欲熏心，不该杀了老耕牛。

李密大逃亡

在隋朝末年反抗炀帝暴政的群雄之中，除了李渊、李世民父子以外，声势最大的，影响力最为深远的，应该算是李密了。

我们前面曾经提到过辅助炀帝夺得了帝位的杨素。有一次他在乡下发现一个年轻人，骑着黄牛，戴着斗笠，把一卷《汉书》挂在牛角上，边骑边读，杨素被他好学不倦的精神所感动，一问之下知道这个书生叫李密。

李密的祖父李曜（yào）是周朝的蒲山公，父亲李宽为隋朝的上柱国，家世显赫。但是炀帝嫌李密的眼神有异常人，十分厌恶，所以不准李密当宿卫，李密便潜心读书。杨素很赞赏李密的才学，把他请到了家中，对儿子杨玄感说："我观察李密的才情、见识、风度，都是你所赶不上的，要好好跟人家学习。"

以后，杨素因为功高业大，引起了炀帝的疑心，所以连生病都不肯服药。杨素魂归西天以后，杨玄感深知杨家招嫉，又因为不满于隋炀帝的暴政，发动了历史上有名的"杨玄感之乱"，在这场乱事之中，李密是杨玄感重要的军师。

杨玄感兵败被杀，李密亡命四方，被人告发，送往东都洛阳问斩。

李密与同行的王仲伯等，想在中途开溜，遂生一计，他拿出许多金光闪闪的金子，对着押解的守卫道："等到我等伏法之后，这些钱咱们留着也没有用，不如留给你，请你为我们买一口棺木埋葬，剩下的就算我们报答你大恩大德的费用了。”

那个守卫看着黄晶晶白花花的金银，眼睛都发直了，满口答应了李密的请求。拿人钱财，与人消灾，守卫自此以后对李密等人十分客气，看守也逐渐松懈。

一天，走过一家饭店，李密央求进去吃一顿，守卫的也嘴馋，而且反正花的是李密的金子，也就应允了。

进了饭店，李密叫了许多酒菜，守卫心想不吃白不吃，痛痛快快地大嚼一番，狠狠地灌下了几杯老酒。因为喝得太凶了，以至于守卫的头头，和他手下的几个小跟班，到了魏郡石梁驿时，早已醉得不省人事，躺在床上像猪一般鼾（hān）睡着。李密等正好利用这个机会，挖穿了墙壁逃之夭夭。

李密开溜之后，跑去投靠郝孝德。郝孝德知道李密是朝廷通缉在案的重犯，不肯收留。李密又奔向王薄，王薄也不愿意因此而惹祸上身。李密走投无路，饿得没有饭吃，以至于只有削树皮充饥，然后埋名隐姓躲在淮阳村舍，靠着肚子里的墨水，教几个小孩子读书混日子。可是过了没有多久，郡县官接到密报，说是新来的一个外乡人行迹可疑，可能是李密。郡县官立刻准备拘捕，李密只好又赶紧逃亡。

在走投无路之下，他只有去找自己的亲妹妹。他妹妹嫁给一个叫丘君明的人，丘君明也不敢收留这个大舅子，却又不能见死不救。考虑了好一会儿说道：“这样吧，我们这儿有一个游侠王秀才，人很够义气，你不如先在他那儿躲一会儿。”

王秀才倒是一个血性汉子，又不满炀帝的倒行逆施，答应收留李密。

颠沛流离的李密，终于找到了一个暂时可以安身立命的地方。

丘君明有一个从侄，看到丘君明与李密鬼鬼祟（suì）祟的样子，他当然也知道李密的妹妹嫁给丘君明，心想这是一个向朝廷邀功的好机会，上书炀帝密告此事，炀帝要他自己与梁郡通守杨汪相联络。

杨汪相接了消息，立刻派兵围捕，包围王秀才家宅。这时，李密正好外出，幸免一死。但是妹夫丘君明及王秀才，都因此被判死刑。

翟让死里逃生

李密前往投奔妹妹和妹夫，却因此使得他夫妇牵累被杀之后，往来于各个反隋的将领之间，游说（shuì）自己有安天下的计策。

开始之时，没有人理会李密，过久了，稍稍以为然，他们彼此讨论道："李密这个人乃公卿子弟，十分有志气，现在人人都传说，杨氏将灭，李氏将兴。古人说得好，将要为王的人，绝不致中途死亡。你们看，李密三番两次死里逃生，莫非所谓李氏将兴，指的正是李密？"

于是，将领们渐渐敬重李密。李密观察当时反隋的领袖之中，以翟（zhái）让最强。所以请王伯当推荐，想要投奔翟让。

翟让是什么人？为什么李密一心一意想去投靠他呢？

翟让原为东郡一个小官儿，因为受到别人的连累被判死刑，坐在牢里准备秋决问斩。

牢中的狱吏黄君汉看到翟让相貌堂堂，骁勇威武，到了半夜，偷偷地为翟让松了绑，对他说："世事多变，未来如何，谁也不能预知，像你这样一条汉子，死在狱中不是太可惜了吗？"

翟让本来心如槁（gǎo）木死灰，等着去见阎王爷。一听此话，惊喜万分！跳了起来，拉着狱吏黄君汉的手道："翟让如果能够逃出这个养猪的圈牢，不论生死，都是您的大恩大德所赐。"

黄君汉点了一下头，立刻把刑具打开，对翟让道："快走吧！"

翟让几乎以为在做梦，正准备逃离牢房，转念一想，黄君汉放走了犯人，到了明天一早，他如何交代呢？这一迟疑，又不忍离去了。翟让长叹一口气道："翟让蒙再生之恩，实在太幸运太幸运了，但是黄曹主你怎么办呢？"说着，翟让流下了两行热泪。

"呸！"黄君汉朝地下吐了一口唾沫，愤怒地说，"本以为你是男子汉大丈夫，可救生民之命，所以我不顾生死也要解救你。没想到你反而哭哭啼啼，婆婆妈妈，和小儿女一般的辞谢。什么玩意嘛！你走吧！好好努力，别为我忧心。"

既然如此，翟让也不能辜负黄君汉这番美意，感激万千地逃离了监狱，来到了瓦岗寨，与单雄信等人一块当强盗。

瓦岗寨中有一名少年徐世勣（jì）对翟让说："东郡这个地方，对你我而言，都是乡里，人多相识，实在不好意思拉下脸来抢掠。隔邻的荥（xíng）阳梁郡，为汴水所流经，来往的商旅很多，正可以大大地剽（piāo）劫一番。"

翟让认为徐世勣说的话有道理，便率领着一支人马来到荥阳，劫掠公私船只，果然大有斩获。因为隋朝末年，炀帝倒行逆施，人民生活困苦，许多民众不得已落草为寇。翟让混得不坏，为人又够义气。因此，依附他的人很多，这也是李密想要投靠翟让的原因。

李密找了王伯当介绍，见到了翟让，对翟让私下说："刘邦、项羽起自布衣平民，也做到了帝王。现在主昏于上，民怒于下，能够打仗的精兵都在辽东之役中用尽了，和突厥的和亲政策也告断绝，而皇上仍在扬州游山玩水，这正是起兵的好机会。以足下的雄才大略，士马精锐，席卷天下，隋朝岂不可以亡在足下手中。"

翟让听了哈哈大笑，拍着李密的肩膀道："我们只是一群强盗土匪，在深草丛林之中苟且偷生，哪儿敢做梦当皇帝，你所说的，不是我能力所能及的。"

翟让推戴李密

翟让见李密为众豪杰所归附，有点儿想把李密留下来，却又犹豫不决，难下决定。李密却是一心一意想留在翟让身边。

此时，有一个名叫贾雄的出面了。贾雄通晓阴阳占卜之事，为翟让的军师。翟让十分迷信，对贾雄的话言无不从。李密利用机会结交贾雄，然后央托他在翟让面前美言几句。

贾军师是一个十分深沉的人，他知道如果专程为李密的事去请托，并不见得奏效，因此埋在心里，等候适当的机会。

过了不久，翟让自己去找贾雄，对他说："上回李密来找我，建议我席卷天下当皇帝，你看可行吗？"

"哈！吉不可言，吉不可言！"贾军师立刻拍手叫好。又说，"公如果自立来打天下，恐怕不见得会成功；如果立李密，事情没有办不通的。"

"噢？"翟让疑惑地问道，"如果正如卿所言，李密这般神通广大，他大可以自立，何必前来依靠我？"

粗中有细的翟让这句话倒反问得有理。当然，贾雄军师早有了应付之计："这是因为将军姓翟，翟乃是水泽的意思。李密沿袭父亲的爵号为蒲山公，蒲乃草也，非依水泽不能生存，所以必须仰赖将军。"

这样测字的推论，实在毫无道理。不过，翟让却深信不疑。自此以后，对李密一天比一天情意深厚。

李密对翟让建议道：“现在将军的人马一天比一天多，粮无所出，只靠抢劫过日不是办法，如此旷日持久，人马困顿，倘若碰到强劲的敌人，必定军心涣散，四处流离。不如先把荥阳给拿下来，占领了一个据点，然后等到士勇马肥，再去与人争夺天下。”

翟让很赞成这个建议，但是，初攻荥阳碰到了阻碍。原来隋朝派出的通守张须陀（tuó）勇猛善战，翟让曾经被他打得落荒而逃。因此，一听说张须陀要来，心中畏惧万分。

“不要害怕。”李密安慰道，“张须陀有勇无谋，过于骄傲，我们大可一战而擒之，公只要列好阵势，不愁不破敌军。”

翟让万分不情愿，却又不得已，只好勉强排出阵势，然后李密派遣了一千多精兵埋伏在树林之间。翟让与张须陀一交手，果然又

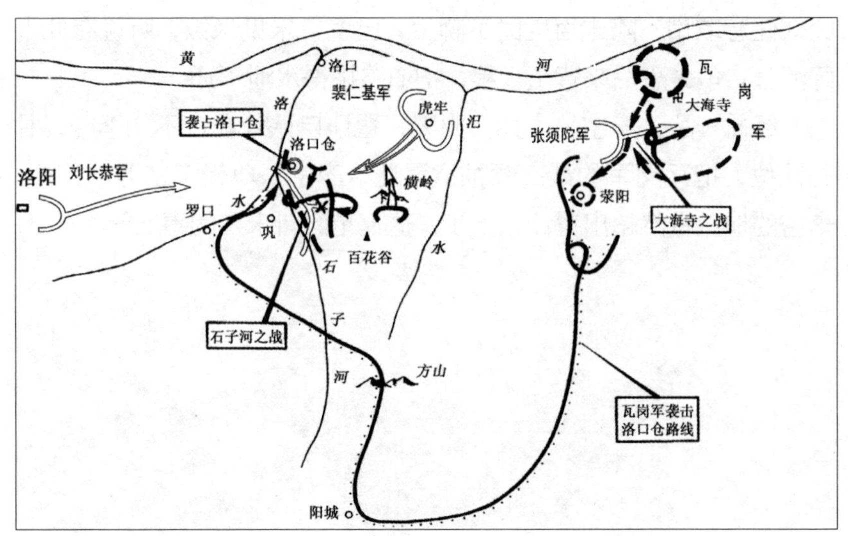

瓦岗军与隋军大海寺、石子河之战示意图。隋炀帝大业十二年（616年），隋将张须陀向瓦岗军发动进攻，瓦岗军一部于大海寺正面布防，一部伏于大海寺以北树林。接战后，正面部队后退，乘隋追击时，伏兵骤起，与主力合击，毙张须陀，攻占荥阳。次年二月，瓦岗军经阳城，越方山，长途奔袭，夺占洛口粮仓。隋师大惊，刘长恭自洛阳，裴仁基自虎牢，预备东西夹击瓦岗军。瓦岗军以精锐分十队迎敌：四队伏于巩县东部横岭，六队于石子河东岸布阵。刘长恭先至，渡河攻击，瓦岗军先做退却，以伏兵攻敌侧翼，隋军大败。裴仁基见势不妙，退至百花谷筑营固守。

打不过，退下阵来。这时，李密的伏兵一拥而上，张须陀未料到此招，在混战之中被杀。

此役之后，翟让命李密率领一支部队。李密带兵十分严格，他本人也异常节俭朴素，抢到的金银财宝都颁（bān）赐属下，所以下属也乐于为他效命。他的部下常常受到翟让部下的欺负凌辱，可是惧于威令，不敢反抗。

后来，李密又建议趁着炀帝赴江都游玩，东都空虚，拿下洛口仓库。

这时，翟让益发感到李密的才智在己之上，一抱拳道："此乃英雄之略，非我能力所及，我愿意听君之命，尽力而为，请君先开拔，我为殿后。"

李密率领精兵七千，一举而攻下洛口仓库，然后大开仓门，让民众任意取用。隋末百姓民不聊生，已多日未见米饭，听说有此大好消息，争先恐后来背负米粮，把道路挤得水泄不通。

经此一战，李密势力如日中天，翟让自认为在在不如李密，甘心让位，把瓦岗军的最高领袖位置让给李密，尊崇李密为魏国公。李密的地位竟然超出翟让之上了，这真是始料未及的事。

李密恩将仇报

李密参加反抗隋朝的“杨玄感之乱”被通缉，四处大逃亡，最后投奔瓦岗寨的翟让，屡次建立大功之后，翟让自动让位，奉李密为首领。

翟让的哥哥翟宽对此颇不以为然。他生气地说：“天子的宝座，当然应该自己坐，你干什么发疯让给李密，你不愿意坐，不如由哥哥我来当。”

翟宽本是一个性情粗愚的人，翟让听了，只是哈哈大笑，不以为意。但是，这话传到李密耳中，却大不是滋味，对翟让也起了猜嫌之心。

过了不久，又发生摩擦，有个隋朝的总管崔世枢从鄢（yān）陵来投降李密。翟让竟把崔世枢偷偷关在私府之中，要他的财货。从崔世枢身上捞不到油水，翟让派人去搜查也没找着，就狠狠打了崔世枢八十大板。

翟让又把长史房彦藻抓来盘问：“你上一次大破汝南，想必大得宝货，怎么只晓得献给魏公李密，完全不孝敬我？你要明白，魏公是我扶立的，将来如何，尚未可知。”

房彦藻受到恐吓，胆战心惊，生怕翟让将会对他不利，立刻就把这一段经过报告李密，并且邀得郑颋（tǐng）一块儿进言道：“翟让贪暴爱财，刚愎（bì）自用，迟早会要对你不利，不如先下手为强。”

李密心中对翟让也早有不满，但是，翟让毕竟是他在走投无路时伸出援手的恩人，而且在瓦岗群雄中威望不小。因而迟疑道："安危未定，遽（jù）下毒手，何以昭告天下之人！"

郑颋道："此话虽然不错，但是毒蛇咬到手，作为一个壮士，只好忍痛把手腕砍断，否则生命都不能保。一个人要能权衡轻重，万一让翟让先走了一步棋，后悔就要来不及了。"

李密认为郑颋的话很有见地，立刻准备酒菜，邀请翟让过来宴饮。等到人马到齐了，李密道："今日与各位达官喝酒，不需要多人侍候，只要留几个支使的人就够了。"说着，李密的手下都散去，翟让的左右还留在身旁。

此时，李密的另一名大将站出来说话："今天的天气很冷，应该请翟司徒的手下喝酒。"

李密故意表示此中无诈，板着脸呵斥："这要听翟司徒的意思。"

翟让本来是一个胸无城府的人，立刻挥手道："这个主意很好，你们统统去喝个痛快吧。"于是，翟让的手下们，个个欢天喜地地去喝上一杯了。房间里只有一个李密的壮士蔡建德，拿着刀子侍立一旁。

宴会尚未开始，李密先拿出一把良弓，对翟让说："我新觅得一把好弓箭，你试试看。"

翟让接过弓箭，正张满了弦，冷不防蔡建德拿着刀从后面砍来，翟让猛地跌倒在桌前，声若牛吼，跟着翟让一块来赴宴的几个大将，也被杀掉了。

这时，外头乱成一团，不知发生了什么事，李密大声地说："各位不要慌张！我与大伙儿一块起兵，本来是想要来锄暴安良，没有料到翟司徒专行暴虐，凌辱群僚，毫无上下之礼，所以我把他杀了，和各位没有关系，请大家安心。"

翟让死了，他的部下很是难过，想要求去。李密派人前去慰问，又把这些人留了下来。

瓦岗群雄表面上和以前一样，然而大家心里都对李密不以为然。虽然翟让有些残忍，到底是他收留了李密，而且还自动让位给李密，没有料到李密恩将仇报，竟把他给杀了，不免对李密有了猜疑之心。果然，李密自此而后，连连失败，最后投降唐朝，唐高祖拜为光禄卿，封邢国公。

李密自认为以前据有关东，牵制隋朝的大军，使得唐高祖军队能够轻取长安，夺得天下，功劳实在不小，因此对于仅仅封到上柱国，十分不满。而且朝中大臣也不把他放在眼里，使得李密郁闷不乐，又想叛变。

于是，李密对唐高祖道："臣蒙受恩宠，安坐京师，无法为报，深以为耻，请派臣收抚王世充。"

此时，王世充仍不肯投降，唐高祖就准了李密的要求。李密找了老部下贾闰甫同行。

他刚出发，朝中的臣子纷纷上奏，都说李密狡猾，不可靠，此去必然会叛变。

唐高祖又急颁诏书，命令李密返回长安。

"我若返回长安，必然被杀，不如在此竖立反旗。"李密对贾闰甫说出自己的计划。

"不可！"贾闰甫冷冷地看了李密一眼道，"如今海内分崩，人人都想当皇帝，谁肯听受？况且从翟让被杀之后，人人都说你弃恩忘本，哪有人愿意束手听你指挥？"

李密被贾闰甫说中心内的疤痕，气得拿起刀来便要杀他，但却被贾闰甫给逃脱掉了。李密依旧固执己见，坚持反叛，果然正如贾闰甫所料，在众叛亲离的情况下，李密中伏而亡。

我们中国人最讲究饮水思源："受人点滴，泉涌以报。"虽然翟让也有不当之处，但是到底对李密有恩，李密竟然把翟让给杀了，难怪为人所不齿，一败涂地。

夏侯端杀马飨士

在唐朝扫灭群雄、统一宇内的过程中，出现了不少可歌可泣的故事。例如夏侯端就是一例。

夏侯端本来在隋朝当大理司直的官儿，和唐高祖李渊是好朋友，当李渊奉命讨平河东时，乃请夏侯端作为他的副手。

当时，炀帝游幸江都，盗贼一天比一天更多，凡是稍有国家民族责任感的，无不深深忧虑。夏侯端对相人很有一套，就对李渊说："现在金玉龙床摇动，皇帝宝座不安，天下方乱，能够安定天下者，只有你明公一人。但是主上为人猜忌残忍，特别对姓李的怀有怨恨，你应该早日为计。否则，迟早会被诛杀。"

李渊听了夏侯端的话，深以为然。以后，李渊接受儿子李世民的劝告，正式从太原起兵，反叛隋朝。

由于李渊与夏侯端是旧好，所以当李渊起事的消息传开以后，夏侯端立刻被牵累，送到长安的监狱之中。一直等到李渊的大军攻下了长安，夏侯端才被释放。他二人久别重逢，而且是在这样的状况下，真有说不出的欣喜，李渊把这位患难之交引入卧房之内，相谈甚欢，授以秘书监（jiàn）的职位。

当时，李渊虽即位为皇帝，然而天下仍然分崩离析，夏侯端自请带兵讨平群雄，李渊就命他为大将军，持节为河南道宣慰使，从澶（chán）水渡河，一路之上，安抚了二十余州。可是到了谯（qiáo）州地方，因为亳（bó）州刺史及汴州刺史同时投降王世充，夏侯端的归路已被斩断。

夏侯端为人诚恳笃厚，很得部下的爱戴，所以虽然弹尽援绝，粮食也吃光了，他手下的二千人，依旧舍不得离去。夏侯端度（duó）量情势，知道大势绝难挽回，盘着腿坐在草泽之中，命令部下把马杀了，让大家饱餐一顿。

杀马飨士之后，夏侯端沉痛地说："现在王师已败，各位的乡里，都已沦入贼手，感谢各位眷恋同事之情，不忍心舍我而去。我奉有王命在身，无论如何，不能从敌。各位家中还有妻子、儿女，用不着效法我，你们可以拿着我的脑袋，归降于贼，必然可以大获富贵。"

夏侯端一边说，围着他的二千士兵都窸（xī）窸窣（sū）窣在哽咽（yè）！到了后来，更有那忍不住的放声大哭，怎么可能有人狠得下心去杀夏侯端，拿他的首级去求富贵呢！

夏侯端眼看无人动手，长叹一口气道："唉！你们不忍心杀我，还是我自个儿解决吧。"说着，拔出佩刀，就往脖子上抹。

在这千钧一发的时刻，二千名士兵一跃而起，大伙七手八脚，抱住了夏侯端的腿，制止他轻生，然后异口同声

唐贴金彩绘武官俑。

道："公对于唐家，并没有亲属的关系，你也不姓李，只是因为一腔忠义，不辞于死，我等与公共事如此久，共历艰危，甘苦共尝，哪有杀害我公而取富贵的道理呢!"

夏侯端固执地不让士兵们同行，士兵们却更固执地非要追随到底。他们在又累又饿的情况之下支持了五天，饿死了十分之三四；祸不单行，中途遇到贼兵，又损失了大半弟兄；到最后，只剩下区区五十二人，狼狈东行。

因为没有粮食，他们只有采些路边的野豆充饥果腹。即使在这样的处境之下，夏侯端的手中，仍时时刻刻拿着李渊交给他的持节，不管睡觉和吃饭都放在身边。他准备效法苏武，苏武即使在北海，手中也始终离不开那支代表汉朝使者的汉节。

夏侯端拿着唐节道："平生不知这儿乃我丧命之地，然我受国恩，为国牺牲，理所当然，我当抱此一节，与之俱殒（yǔn）。"

由于夏侯端的确是个不可多得的人才，因此王世充极力地争取他。王世充派来一个使者求见夏侯端，送了一件衣服，并且带来任命他为淮南郡公及吏部尚书的官书。

夏侯端板着脸孔教训使者道："夏侯端乃天子大使，岂能接受王世充的官职？除非斩了我的头去见他，否则休想要我屈辱地投降贼人。"说着，取了蜡烛上的火把书信给烧了，又拿出宝剑把王世充的衣服戳成碎碎片片，吓得王世充的使者抱头鼠窜。

斥退王世充派遣的使者以后，夏侯端及其忠义的部下准备西归，返回长安。为着逃避敌人，他们选择了险峻的山路。山中杂草丛生，根本没有道路可言，攀援着树枝，砍断荆棘，吃力地向前迈进，没有人抱怨，也没有人叫苦。他们知道只要一回头，答应王世充，马上可以舒舒服服地睡觉，痛痛快快地吃喝，享不尽的荣华富贵。但是为着尽忠，宁可走上这条艰辛的路。

跟着夏侯端的五十二个人，有的坠崖，有的溺（nì）水，也有的被猛兽吃到肚子里去了。最后生还的几个人，都已须发秃落，狼狈不堪，三分像人，七分像鬼。夏侯端见到了唐高祖，没有一句夸耀自己的话，只是惭愧地表示“无功”。在他的心目之中，为国尽大忠乃为应该之事，不值一提。以后这件事渐渐传开来，人们都钦佩他的忠义。

夏侯端当时并不能预知唐朝将能统一天下，他只是为着尽忠，誓不为王世充所用，就是为此拼了老命也甘心。

李世民得罪后宫妃嫔

唐高祖李渊的皇后窦皇后一共生了四个儿子：建成、世民、玄霸、元吉，其中第三个儿子玄霸很早就去世了。建成和元吉在唐朝开国时当然也有战功，但是打败群雄，大唐帝国的天下，可以说绝大部分都是李世民打下的江山。

正因为从晋阳起兵以来，大部分都是秦王李世民的功劳，所以李渊曾经不止一次对李世民说："这件大事如果办成，天下都是你打下来的，应当立你为太子。"

但是，从秦汉以来传下的规矩，向来是由嫡长子作为太子。所以，李世民再三拜谢，不肯答应。于是唐高祖立了长子建成为太子。

虽然李世民辞让太子，谦虚地不肯接受，然而，作为太子的李建成，不免对这个功劳盖世的老二起了嫉妒之心。

太子的老师，礼部尚书李纲很不满意太子建成猜忌世民，屡次劝诫不听，一气之下，准备告老还乡。

唐高祖李渊很不开心道："你以前为盗贼潘仁当长史，现在我请你为尚书，哪一点亏待你，而且正要你好好辅导建成，怎么可以一心求去呢？"

李纲在地上磕了一个响头道："潘仁是一个土匪盗贼，他每回凶性大发，想要胡乱杀人，我只要一劝，他就罢手了，因此，我无愧于长史一职。陛下你为创业的明主，臣不才，每回上谏太子，说了半天等于没说，臣何敢久留于尚书省，又何敢久辱于东宫（东宫为太子所居之地）？”

李渊道：“我知道你是一个正直的人，请你勉强留下来吧。”

李纲留下来了，但是屡次上书谏太子饮食无节，听信谗言，离疏骨肉。太子相当不高兴，李纲也十分火大，坚称自己老病，终于辞职。

李纲对建成很不满意，李渊的妃嫔们却十分喜欢建成，常常在李渊面前为他美言。李渊晚年多内宠，这些妃嫔一共为他生了二十个儿子。建成因为恐惧世民会要夺他的太子位置，与四弟元吉二人合谋，巴结妃嫔，谄（chǎn）媚贿赂，希望妃嫔们在父王面前多讲几句动听的话。

这个时候，东宫诸王，以及后宫妃嫔的亲戚，横行于长安市

唐三彩女立俑，陕西省西安市唐墓出土。

上。为非作歹，地方官吏也不敢诘（jié）问他们。只有李世民不齿于伺候妃嫔，妃嫔们争相在李渊面前，道尽建成和元吉之长，世民之短。

李世民平定东都洛阳之后，李渊从长安派了几个贵妃到洛阳来，审阅选择隋朝后宫的佳丽，以及隋朝的府库珍物。

贵妃等央求世民私下送她们一些金银宝货，也有的代向自己娘家亲属求个一官半职的。李世民一概不许，而且训了她们一顿："宝货都已经登记在簿（bù）籍之上，不能随便乱给；官吏应当授给有功的人，更不能滥授。"李世民讲得合情入理，可是在这些妃嫔心目中，一大堆闪熠（yì）的宝货，拿走一点又有什么关系？只要世民不说，谁也不知道原来到底有多少。至于走裙带关系求个一官半职，更是常有之事，李世民也未免太不通人情，所以，妃嫔们对世民更加怨恨了。

过了不久，李世民因为淮安王李神通对国有功，给了他几十顷田地。后来唐高祖爱宠张婕妤，代向父亲要求赐田，高祖就亲手书写了诏敕（chì），把这几十顷田地又赐给了张父。

李神通认为李世民答应在先，坚持不愿把这块美田让出，张婕妤立刻跑去向高祖哭诉："皇上赐给我父亲的田地，被秦王世民夺去交给李神通。"

高祖一听，不禁勃然大怒，把李世民叫来狠狠骂了一顿，生气地说："我手敕的诏命，还不如你的话管用。"并且对裴寂慨然叹息道，"我这一个儿子，长期典兵在外，被一些无聊的读书人带坏了，不懂得尊敬父亲，不再是从前那个乖儿子了。"

除了张婕妤十分嚣张以外，另外一个尹德妃的气焰也是十分高张。尹德妃的父亲阿鼠仗着女儿，在外头以骄横出名。

阿鼠眼看建成、元吉对尹德妃都十分笼络，只有李世民完全不把她放在眼里，决心耍个流氓，让世民知道他的不一样。

有一天，秦王府属杜如晦（huì）经过阿鼠家门口，阿鼠命令数名家童不由分说把杜如晦扯下马来，莫名其妙就是一顿痛殴（ōu），而且把杜如晦的一根指头给折断了。临了还丢下一句话："你是什么人，竟然敢经过我家门口而不下马？"

打了杜如晦之后，阿鼠惟恐李世民会向高祖报告，抢先一步，恶人先告状，要他的女儿尹德妃对唐高祖说："秦王世民的左右，跑到我家里去拳打脚踢找麻烦。"

高祖十分震惊，马上又把世民找来问话："我的妃嫔，都被你的左右欺负，那么，一般小民还用说吗？"

尽管世民一再辩白，高祖仍然不相信。因为按照表面看来，的确世民是有欺负人的本钱，哪儿可能被侵凌呢？李世民很清楚如何收买这些妃嫔小人；但是，他不愿意为私害公，因而坚不行贿。

杨文干之变

秦王李世民功在国家，不免为太子建成所嫉妒。世民为人正直，不愿意向妃嫔们贿赂，因此妃嫔们十分不满世民。

后来，妃嫔们更组成联合阵线，一块儿去向唐高祖告状：“海内平安无事，都是陛下的大功劳，陛下年岁已大，春秋已高，正应由我等伺候皇上，让陛下有所娱乐。而秦王却憎恨妾等，只待陛下千秋万岁以后，妾等母子必然不为秦王所容。”说着，个个都在掉眼泪，只听得一片嘤（yīng）泣之声。

妃嫔们又说：“皇太子建成仁孝，如果陛下把我等母子托属给他，妾等必获保全。”

从此以后，高祖就逐渐疏离李世民，而与太子建成和老四元吉的关系日近，但是元吉仍然不很放心。

有一天，齐王元吉劝太子建成，一不做二不休，去把世民给干了，并且拍着胸脯道：“我愿意为你亲手杀了世民。”元吉说干就干，当世民到元吉府上时，元吉把伏护军宇文宝偷偷藏在卧室里面，准备刺杀世民。

太子建成的性情比较仁厚，他不答应元吉遽（jù）下毒手。元吉哼了一声道：“我是为你着想，其实，这件事和我又有什么关系？真是！”

建成虽然一度阻止元吉行凶，可是世民在旁，总觉有芒刺在背，坐立不安之感。虽然妃嫔们一再在高祖面前破坏世民，可是李世民毕竟是有大功劳，高祖心里当然还是疼爱这个二儿子。况且，朝廷中的文武大臣，也很推崇李世民，更叫他这个当太子的不是滋味。

为着巩固自己的势力，建成擅自招募长安及四方勇士二千余人作为东宫卫士，分别屯卫左右长林门，号称为长林兵，又命令可达志去找能够冲锋陷阵的三百个精锐骑兵，用来防卫东宫的安全。

在古代的君主专制时代，因为皇帝具有最大的权威，因此皇帝与太子之间，时常彼此猜疑，不能和民间的父子一般和睦相处，历来太子等不及父皇去世，抢先一步登基的大有人在。所以，当高祖接到了密报，说是建成未得允许，竟然擅自招募兵士，非常的生气，把太子建成骂了一顿，并且把帮太子办事的可达志，流放到雋州。

唐带刀侍卫，李贤墓壁画。

太子建成私募壮士的事情被高祖发现之后，益发加强建成去掉世民的决心。

为着达到心愿，太子建成与曾经在东宫做过宿卫，与建成交情深厚的庆州都督杨文干商议，由杨文干在外头继续招募壮士，偷偷送入长安。因为如果要发动任何阴谋，手下没有可用的死士是绝对不成的。

不久，高祖准备离开长安，暂时到仁智宫去，命令世民及元吉随行，太子建成留守在长安宫中。

建成心想：这是一个大好时机，他人留在长安，高祖及世民都不会料到他有所行动。因此，临行之前，建成悄悄地拉住元吉，要他在半途之中就近图谋，并且郑重地对元吉说："安危之计，决在今岁。"

另外一方面，建成命令郎将朱焕、校尉桥公山以甲两人，快马加鞭赶到庆州，要杨文干配合起兵，以表里相合，一举消灭李世民。

谁知这两个传递秘密情报的信差，走到了豳（bīn）州，愈想愈觉得心慌。朱焕与山以甲商量道：太子建成此次万一成功，他二人当然是大功一件；可是如果失败呢？协助造反可是死罪，脑袋都要搬家的。此事太过冒险，不能拿自个儿的生命开玩笑。

所以他二人前去叩见高祖，把太子建成准备与庆州都督杨文干联合造反的事，一五一十地说得清清楚楚。

"果有此事？"高祖听了，勃然作色。不过还不太敢相信建成有这样大的胆子。

正在这个时候，又有一个宁州人杜凤前来求见，密报杨文干与建成谋反的情状。这下，高祖不能不相信了。

高祖立刻亲手写草诏，命令建成立刻到行在来见他。（行在，就是天子出外巡幸所在的地点。）

正在宫中等待好消息的太子建成，接到诏书，吓得脸色死白，不知究该如何是好。

太子舍人徐师謩（jì）劝他，不如占据长安，正式发动政变。但是建成考虑再三，仍然不敢贸然起事。因为如此一来，等于公然抗旨，正式向父亲开战了。

詹事主筹赵弘智则劝太子摒（bìng）去随从，贬抑减损随行车辆，及早请罪。

太子建成接受了后者的建议，向仁智宫出发，走不到六十里，命令随行官属驻扎在毛鸿宾堡，他一个人带领了十余人马前往叩头谢罪。他见到了高祖，哭得死去活来，几乎要为之气绝。但是，高祖仍然极为不谅解，把太子建成关了起来，送给他吃的食物，也是极为粗劣的给犯人吃的东西。

此时，杨文干接到太子建成被捕的消息，在庆州发动乱事。高祖把世民叫来商量对策。世民说："文干这个卑鄙幼稚的小人，大胆狂逆，料想已为州府官司拿捕了。"

"不然。"高祖摇头道，"文干叛变的事与建成有关，恐怕附应他的人不少，这件事还是要交给你办才行。等你这趟回来，我将立你为太子。我不能效法隋文帝杀掉自己的儿子，当封建成为蜀王。蜀兵脆弱，他日建成如果能与你共事，你要成全他。不然以你的才能，你夺去他的地位也很容易。"

一场激烈的辩论

太子建成因为猜忌功高业大的老二李世民，勾结庆州都督杨文干造反，被唐高祖发现，勃然大怒，派遣李世民前往平乱，并且答允李世民，平乱之后，改封世民为太子。

等到李世民出发之后，老四元吉及高祖的妃嫔们轮流为太子建成求情，高祖心肠又软下来，遂把太子这次的政变，归罪于太子左右的人。

经过杨文干之变，兄弟之间的芥蒂（jiè dì），更深一层了。

就在这一年，高祖武德七年（624 年），北方的突厥，屡次侵犯关中，使得唐朝政府大为头痛。

隋唐时代，北方最为强大的部族是突厥。隋文帝采用离间政策，使突厥分为东西两部。隋末，突厥强盛起来，东突厥占领大漠南北之地，西突厥据有葱岭东西之地。

有人向唐高祖建议："突厥之所以屡次侵犯关中，乃是因为我们的子女、金银、玉帛都在长安的缘故。如果我们把长安用火烧光，只剩下一片焦土，那么，胡人的骚扰自然平息。"

焚烧国都，实在是一个疯狂的建议，但是，高祖被突厥整昏了头，竟然赞许这一个计划。而且，积极地派遣侍郎宇文士及穿过南山，出商州，直至樊邓，寻觅新的建都地点，准备搬家。

太子建成和元吉刚刚吃过高祖的排头，为了迎合父亲的心意，一个劲儿赞美迁都计划。大臣萧瑀（jué）等人明明知道这一个计划不高明，却也不敢公开表示反对。

只有秦王李世民，为着国家安危，不顾一切地上殿劝谏道：“戎狄边患，自古有之。陛下圣武龙兴，统一中原，精兵百万，所向无敌，何必要因为胡寇骚扰边境，立刻迁都躲避。这种懦弱的举动，将使四海为之蒙羞，为千秋万世后的人们所嘲笑。”这番话，说得慷慨激昂，有声有色。

站在一旁的太子建成，听到“精兵百万，所向无敌”，心中不禁大起反感。因为唐朝之所以能够平定天下，完全都是李世民率领百万大军，东征西讨而得到的。

李世民接着说：“以前，霍去病以一个汉朝朝廷的将领，还能发下志愿，平定匈奴；我乃为唐朝天子家中一员，更应为国效力，请陛下给我数年的时间，我发誓把突厥首领颉（jié）利可汗的脑袋砍了来见父王。如果我做不到，那么，我们到那时再迁都也还来得及。”

霍去病是我国在汉朝时代的民族英雄。他曾打败匈奴，建立大功，汉武帝要为他建立一座大房舍以为犒（kào）赏，霍去病拒绝了。他说：“匈奴未灭，无以家为也。”这句豪气万千的回答，成为千古名言。

摩羯纹金花银盘，内蒙古自治区赤峰市喀喇沁旗窖藏出土，唐代突厥人用具。

高祖见到世民

许下宏愿，大为赞赏，频频点头说："好！"

建成一看，又让老二抢了风头，立刻也引经据典，讲一段历史。他哼了一声，嘲弄地说："以前啊，有一个叫樊哙（kuài）的，想要用十万的兵横行于匈奴之中，秦王世民之言，倒是挺相似的。"

在古代，每一个读书人都要熟读历史，因为中国人本来就是一个读史和爱史的民族，人与人之间平时对话，也常拿历史上的事为例，如果不晓得，不免被嘲笑。建成的这个暗讽，精通历史的李世民，以及高祖本人，当然都清楚。

樊哙这段典故，是出在汉惠帝三年（前 192 年）的事。

当时，汉高祖去世，软弱的惠帝即位，匈奴的冒顿单（chán）于知道中国疲弱，写了一封信给吕后，信中写得相当猥亵（wěi xiè）傲慢："你死了丈夫，刚好我的太太也去世了，两个君主都闷闷不乐，非常寂寞，愿以我有的，换取你所没有的。"

樊哙，选自《马骀画宝》。

吕后接到了信，堂堂皇太后受此侮辱，气得两眼冒金星，立刻召集将相大臣，并且准备把匈奴的使者杀掉泄愤。同时，挥军出兵攻打匈奴。

大臣樊哙站出来，拍着胸脯道："臣愿得十万人马，横行于匈奴阵营之中。"

中郎将季布大

步跨前，朗声道："哙可斩也，以前匈奴围高祖于平城，樊哙当时被任命为上将军，不能够为高祖解围。现在国势不比当年，樊哙还妄想用十万兵甲攻打匈奴，简直是开玩笑。况且夷狄本来是禽兽，听到禽兽说好话不足以喜，听到禽兽恶言，也不必发怒。"

吕后听了季布的话，气虽未消，可是转念一想，如今匈奴强盛，汉朝拿什么和人家去拼？只有忍气吞声写了一封回信，说是自己容貌已衰，配不上冒顿单于。

太子建成举这一个例子，目的是讽刺秦王世民自不量力，与樊哙一般说大话。

世民懒得与建成分辩，只是坚持道："现在与汉初形势各异，用兵不同，樊哙那个小子，怎能相比？我相信不出十年，必能平定漠北，绝非虚言。"

唐高祖当然清楚世民的才干，绝非樊哙可比。因此，停止了迁都计划。

太子建成又落下风，恼羞成怒之下，再与高祖的妃嫔联合进谗言："突厥虽然屡次为边患，其实，只要稍加贿赂即可退兵。秦王世民口上说得好听，其实，不过假借御寇之名，实际上是想总揽兵权，进行篡夺的阴谋。"

李世民的离间计

武德七年（624年）七月，唐高祖到城南郊外去打猎，太子建成、秦王世民及齐王元吉三个儿子随行，高祖命令他们三人骑马射箭，以定胜负。

太子建成养了一匹胡马，高大肥壮，任何人只要一骑上去，它一定蹶（juē）起屁股把人跌死。建成不怀好意地把马牵了出来，对世民说："你不是向来喜欢骑马，而且以马术精湛引以为傲？我这一匹可是真正难得一见的骏马，它纵身一跃，可以跳过数丈宽的溪涧，你不妨试一试。"

李世民不发一言，跳上马背，往前追赶野鹿。这匹胡马一个弓背，立刻把世民颠仆下来。但是世民的弹性特佳，竟然没有翻倒在地，轻身一跃之后，跳离马鞍，挺立在数步之外，好像在表演轻功。

旁人看着倒提一口气，李世民却一跃上马，又被马摔下，再度站得好好的。就是这样，胡马一共三次准备置世民于死地，世民又三次跃立于数步之外。

聪明的李世民，当然晓得这是谁的阴谋，但是他天性不服输，明明知道胡马危险，仍然以不入虎穴，焉得虎子的精神去冒险。三次冒险以后，他愤慨地说："有人想用这种卑鄙的方法来除掉我。可惜啊！死生有命，这种小玩意，哪儿能够伤害到我？"

太子建成眼看顽劣的胡马没法整死李世民，怒由心生，又指使

唐白陶马，陕西省醴泉唐墓出土。

高祖的妃嫔去向高祖进谗言："陛下，秦王世民对人说，自有天命，应当为天下主，不能随随便便的死掉。"

自古当皇帝的最怕有人篡位，所以高祖又火冒三丈，疑心世民不轨，他厉声地责备道："古来天子自有天命，非智力可求，你为何如此疯狂地想当天子！"

世民知道，这又是建成和元吉在造谣，他难过地摘下衣冠，趴在地上，不断叩头，请求父皇派人调查一个水落石出。

不论世民如何哀求，高祖始终铁青着脸，抿紧了嘴，对他十分不谅解。

正在这时，外头有官员前来通报，说是突厥入寇。一闻此言，高祖立刻趋向前来，帮忙世民穿衣戴帽，要他去抵抗强敌。高祖每回都是如此，遇到盗贼，立刻命令世民去讨伐，等到事平以后，受到妃嫔挑拨，又疑心世民兵权太大。可是，孝顺的世民并不因此怀恨，也不会因此而迁怒。

突厥兵力强盛，就是高祖当初自太原起兵，也曾陪着笑脸，带着厚礼，去央求突厥借兵。难怪高祖怕死了突厥兵。

到了八月初，突厥的颉（jié）利可汗与侄儿突利可汗，联合率领大军入寇，直逼并州，首都长安紧急戒严。秦王世民引兵抗拒，不幸关中连日豪雨，粮运中断，士卒疲惫，带来的器械也都生锈了，朝廷及军中都深以为忧。

李世民的军队与敌军在豳（bīn）州地方相遇。忽然，城西又杀出了一万人马的突厥军队，设阵在五陇坂。将士们大为震恐，尚未交手，军心已经动摇。

世民对齐王元吉说："如今大批虏骑前来挑战，我们可不能表示胆怯，应当与他们好好打一仗，你能和我一块去吗？"

齐王元吉屡次勾结太子建成，设计除掉世民，好像很有办法。这会儿与世民一同前来抗敌，正是立功建威的好时机啊！可是，真正到了战场上，他又畏缩不前，一步都不肯再往前挪。他说："现在敌人声势如此浩大，我们怎可轻易出发，万一战场失利，后悔也来不及了。"

李世民早就知道元吉没有勇气，他冷笑道："你不敢去，我一个人去，你留在此地观看吧！"

于是，英勇的世民带着少数人马，直闯敌人的营阵，找到了颉利可汗，大声地说："我国与可汗订友好盟约，你为什么违背誓约深入我地？我是秦王，可汗能斗，你就单独出来和我斗，你若要群打群斗，我只带了一百人马来和你拼。"

颉利可汗不置可否，只是笑一笑。

世民又再往前走，派人对突利可汗扬言道："你以前与我订立过盟约，说是彼此之间有急相救，如今你却引兵相攻，未免太不顾念香火之情了。"

这时，李世民再往前走，将要渡过渭水。颉利可汗看到他如此大胆轻闯阵营，已经觉得不对劲，又听到他与突利可汗说什么过去结盟的香火之情，疑心李世民与突利可汗有所计谋，准备不利于己。于是，颉利可汗立刻派人阻止世民前进，并且好言劝道："秦王不必渡过此河，我此番前来，没有其他的用意，不过是想要与王重申及加强盟约罢了。”

同时，为着表示决心，颉利可汗制造了一个离间计，使两个突厥可汗分裂，让唐朝躲过了一场京师可能沦陷的浩劫。智勇双全的李世民，利用颉利可汗与突利可汗间的猜嫌，真可谓外交上的大胜利。

陈叔达不吃葡萄

虽然颉利可汗往后退了兵，危机并没有真正解决，只是暂缓火烧眉毛之急。

过了几天，雨势更猛，世民对诸将说："虏敌所依靠的，不过是弓矢罢了，现在多日积雨，制造弓弦用的胶质都被雨淋得溶化松弛，弓既然不能用，他们就如同飞鸟折翼，我们住的不是帐篷，屋子里头气候比较干燥，刀槊（shuò）一定依旧锋利，若不趁此良机，将待何时？"

于是，李世民半夜摸黑，率领大军，冒雨前进，突厥军大吃一惊。世民派遣使者，去向突利可汗说以利害，突利可汗决定不出兵了。

颉利可汗发现唐朝军队偷袭，十分生气，更懊悔当初误中李世民之计，把军队往后撤退。想要开战，突利可汗却不许。最后，突利可汗自己请求与世民结为兄弟，两国结盟，突厥撤军。

如果要打硬仗，此时的唐朝还无法打过突厥。可是，凭着李世民的机智勇敢，化干戈为玉帛，表现了过人的才华，唐朝上下众口交赞，更显得太子建成与齐王元吉皆是无能之辈。

武德九年（626年）六月里一天傍晚，建成邀请世民过来喝酒。世民知道这顿饭可不是好吃的，兄长请客，却也不能不赴此鸿门宴。果然，建成悄悄在酒里下了毒药。他心想：世民福大命大，胡马摔不死，突厥也没有结束他的性命，反而因此立了大功回来，喝下毒酒，总该去向阎王爷报到了吧。

当晚，世民被灌了不少酒，席中，突然心脏绞痛，面色死白，一连吐了数升鲜血，吓得淮安王李神通赶紧扶着他回到所居住的西宫。所幸世民的身体强壮，呕吐之后，竟然还是好好的活着。

消息传到唐高祖的耳朵中，他应该心里有数，却又不便说破。高祖到西宫探视世民病情以后，对太子建成说："秦王向来没有酒量，以后绝不可以晚上再找他喝酒。"

高祖担心，此次不成，下一回迟早还要出事，因而对世民叹了一口气道："首建大谋，削平海内，这一切都是你的功劳。我本想立你为太子，你坚持不肯。同时，建成年长，当太子也有一段日子了，我也不忍心夺他太子之位。我看你们兄弟二人似乎水火不容，同在京师，必有纠纷竞争。不如让你回到洛阳，潼关以东之地由你掌管，我让你自建天子的旌旗。"

世民听了，难过得流下眼泪，因为太子建成意图谋害，反而要让他离开京城，想想真是委屈万分。所以，他一再流泪涕泣，表示很不愿意远离父亲大人膝下。

可是高祖认为：这是解决兄弟不合两全其美的办法。坚持道："天下都是一家人，东都洛阳，西都长安，距离十分近，我希望你即刻前往，不要再悲伤了。"

有道是父命难违，何况这个父亲不是别人，正是当今的皇上。李世民纵使有满心的不愿意，也只有悄悄回到秦王府，准备收拾行装，前往东都洛阳了。

没有料到中途又变了卦。原来太子建成与齐王元吉彼此商议道："秦王若到东都洛阳，有土地，有甲兵，他又会打仗，将来的局面将更无法控制，还不如把他留在长安，比较容易控制。"

于是，建成派人上了一个奏疏给高祖："秦王左右的人，听说将要前往洛阳，莫不雀跃万分！看他们的志趣，这一走，恐怕不准

陈叔达，选自《东浦陈氏怀十房宗谱》。

备再回来啰。”言下之意，李世民将会以东都为根据地进行造反。

高祖左右的妃嫔，也在高祖面前搬弄是非，把派遣世民去洛阳当成是一件危险的事。耳根子软的高祖，又改变了主意，不让世民去洛阳。

建成和元吉及后宫的妃嫔，日日夜夜在高祖面前批评秦王世民。久而久之，高祖也相信这些小人所说的谗言，准备惩治世民。

有一位忠臣陈叔达站出来说话了。他说：“秦王有大功于天下，不可以罢黜（chù）。而且他性情刚烈，万一受到不合理的挫（cuò）折，恐怕他会不胜忧愤，或者会因而发生重病，有所不测。到那时候，陛下后悔也来不及了。”

因为陈叔达的上谏，才阻止了高祖治罪世民。

陈叔达是陈宣帝的第十六个儿子，颇有才学，善于辩论，每回上奏，朝臣们都屏（bǐng）息恭听。武德五年（622年）时，他被封为江国公，得以在御前赐食。（唐朝皇帝很喜欢请人吃东西，有时还会把好吃的送到臣子家里去。）陈叔达拿了一串葡萄，却一直没有吃。

高祖看着好生奇怪，问他为什么不吃，是不是不喜欢。

陈叔达恭恭敬敬回答道：“我的老母亲患有口干症，听人家说吃葡萄最好。可是葡萄是西域的特产，十分名贵，找了许久仍然找不着。所以，这串葡萄我准备带回去孝敬母亲。”

高祖听了，十分感动，赐给陈叔达不少宝物。

由于陈叔达仗义执言，使得高祖免除对世民的责罚。

太子建成展开挖角战

太子建成及元吉屡次谋害世民不成之后，齐王元吉跑到唐高祖那儿撒娇，要求父亲作主，杀掉秦王世民。

高祖不答应："他对天下有大功劳，又没有什么显著的罪状，我拿什么借口把他给杀了？"

"谁说没有罪状呢？"元吉着急地分辩，"想当初秦王世民初抵洛阳，到处散播钱帛，用来树立私人恩惠。而且，再三违背敕命，这不是造反还是什么？应该马上把他杀掉，还管什么借口不借口的。"

我们前面说过，李世民平定东都洛阳之后，正是因为不肯散播钱财给高祖的妃嫔，又不愿意用公家的财货树立个人的威望，为小人们所痛恨，如今却被元吉以此理由告状，这叫欲加之罪，何患无辞。

高祖最后还是没有答应元吉的要求，他不肯把李世民处死。

这一个消息传到秦王府，大家都忐忑不安，既忧愁又恐惧，不晓得何时会有大祸临头。

建成与元吉日夜商量如何把世民除去，他俩一致以为：秦王府中骁将林立，对付不易，应该设法引诱过来才好。他们第一个意图拉拢的，乃是尉（yù）迟敬德。

尉迟敬德于隋朝大业末年，在高阳地方从军。讨捕群贼，以勇武著称，官至朝散大夫，后来成为反隋将军刘武周部下，唐朝建国后，投降李世民。

后来，刘武周的部下降将接二连三地背叛唐朝，唐朝的将领都认为尉迟敬德早晚也会反叛，因此把他囚在军牢之中。行台左仆射屈突通对世民说："敬德归附国家未久，此人勇健非常，在牢中关久了，又被猜疑，必然心生怨恨，留下此人恐生祸端，请立刻把他杀掉。"

李世民不同意这个看法。他说："依我之见，不同于此，敬德如果怀着背叛之心，早就叛变，不会留到今日。"并且派人把尉迟敬德从牢中解出，赐给他许多珠宝，好言安慰："大丈夫彼此以意气相期许，希望你不要因为别人小小的怀疑而介意。我不愿意听信谗言，杀害像你这样的忠良之士，你要体谅我的苦心，这儿有一点东西送给你，表达我们曾经共事的一段情谊。"

就在这一天，尉迟敬德陪同李世民出外打猎，刚好碰到王世充前来攻击。王世充带领数万骑兵前来突袭，派遣大将军单雄信攻击李世民，被尉迟敬德发现了，跳上马背，一声大呼，把单（shàn）雄信刺下马来。王世充的军队见此大吃一惊，纷纷后退。

然后，尉迟敬德护送世民冲出贼围，而且捕获王世充手下六千名士兵。世民好生高兴，笑着对敬德说："众人都说你必定叛变，老天爷保佑我，使我明白你的忠心，可是没有想到你这么快就证明了这一点。"立刻赏他一箱金银，从此对尉迟敬德恩宠有加。

敬德有一个大本领，善于闪避矟（shuò）（矟即槊，是古代一种长一丈八尺的兵器）。他每回单枪匹马闯入敌阵，不论对方如何攒（cuán）刺，终不能伤害到他一根寒毛。而且还能把对方手中的矟夺取过来，还送给对方狠狠的一刀。

齐王元吉也以擅长在马上刺矟著名，他听说尉迟敬德的本事之后，表示十分轻视，而且准备亲自去试他一试。

二人比武开始，齐王元吉命敬德把矟上的刃除掉，彼此只用光竿子过招，不必玩真的。

尉迟敬德一抱拳道："纵使矟上加刃，也不能伤害到我，齐王的刃不必除，不过，我的刃当然应该拿掉。"

尉迟敬德殿前夺矟，选自《马骀画宝》。

接着，一场紧张刺激的比赛开始了！齐王元吉用带有刃的矟去对抗敬德的空竿子。可是在这种情况之下，元吉竟然无论左刺右攒，根本无法击中敬德，敬德一闪一挪，轻轻松松就躲过了利刃。

世民在旁边看得好乐，他问元吉：“夺矟（shuò），避矟，哪一种比较难？”

“当然是夺矟难。”敬德在马上回答。

世民接着说：“那你去把齐王手中的矟夺过来。”

“夺我的矟，哪有这样容易！”齐王元吉握紧了矟，直直地往敬德刺来。

说也奇怪，敬德身子一偏，躲过了迎面而来的一刃，接着一把就握住了元吉的矟，硬是给抢了过来。元吉大吃一惊，换上了一把新矟，居然又被敬德夺走。

如此，一共三回，元吉手中的兵器，都被徒手的敬德抢走了，元吉不得不甘拜下风。可是心中大不是滋味，深以为耻。

因为有这么一段过节在，所以当建成和元吉商量挖角时，第一个考虑的人选就是尉迟敬德。他二人秘密地送了他一车子的金器与银器，并且表示要封他为左二副护军的官职。又写了一封信说：“愿烦长者的眷顾，与你厚结牢固的交情。”

建成和元吉联手对付李世民

太子建成及齐王元吉见秦王世民手下兵多将广，对付不易，有意把世民秦王府中的大将，一一拉拢过来。他们第一个选中的对象，是曾击败齐王元吉的尉迟敬德。（也是小说之中有名的尉迟恭。）

尉迟敬德对一车金器和一车银器，以及唾（tuò）手可得的左二副护军的官职，都不屑一顾。他一口回绝道："敬德本是贫贱之人，遭遇到隋朝末年离乱，久沦于刘武周属下，罪该万死。承蒙秦王赐以再生的大恩，今天我又得列名于秦王府邸之中，应该杀身以报秦王的恩泽。至于对殿下，我没有任何的功劳，不敢接受这样厚重的赏赐。如果我私下与殿下结交，为了私利，忘记忠义，这种人也太无耻了，不值得殿下所用。"尉迟敬德斩钉截铁地表示没有兴趣。

在上一篇中，我们说到：曾经有人怀疑尉迟敬德的忠贞，建议把他杀了，亏得世民保全，捡回一命。由此可见，李世民的确知人善任，而尉迟敬德也没有辜负李世民的厚望。

太子建成碰了一鼻子灰，气得当场与尉迟敬德绝交。

尉迟敬德把这一段经过报告秦王李世民，世民一方面赞佩他的忠心，一方面又为他的安全顾虑。他叹了一口气道："你心如山岳一般牢稳，就算是用再多的黄金，也不能动摇你的心志。因此，太子送来的宝物，不妨收下。同时可以借此了解他们暗藏的阴谋，岂非良策？像现在这样，恐怕会有大祸降临到你的头上。"

尉迟敬德在京剧当中的造型，选自清内府彩绘本《庆赏昇平》之《千秋岭》。

按照道理来讲，李世民所说的，比较有助于大事。但是，尉迟敬德乃一性情爽朗耿直的武人，他可不管这样多，他听说太子建成派了刺客要来暗算，干脆，每晚睡觉，打开大门，等着刺客上门。

当刺客夜晚到了尉迟敬德家中，发现各层大门都敞开着，他老兄睡在里面安卧不动，鼾声如雷。这一下子，刺客反而不敢前进。尤其尉迟敬德以武功高强著称，谁晓得里面暗藏了什么机关。

刺客一连几个晚上准备去杀人，却又三番两次自己被自己给吓了回来。建成杀不掉尉迟敬德，上了一个报告说是他要造反，尉迟敬德再度被捕，因为李世民的搭救，才幸免一死。

太子发现秦王府中的僚属个个都忠心耿耿，要用金钱收买不太可能，所以他改变策略，既然这些人不肯为太子所用，也不能让李世民所用。他对齐王元吉说：“其实，秦王府中的谋略之士，真正可怕的，也不过是房玄龄和杜如晦两个人罢了。”

接着，太子建成又重施故伎，在唐高祖面前恶意毁谤房、杜二人。果然，如愿以偿，把这两位才大智大的谋略之士，赶出了秦王府。

正在这一个时刻，突厥再度入侵，围住了乌城。往常，突厥入侵都是秦王李世民率军抵抗。这一次，太子建成向高祖建议，改由齐王元吉代替世民北征。

唐高祖采纳了建成的建议之后，元吉以麾下力量薄弱为理由，向李世民借调尉迟敬德、程知节、段志玄及秦王府右三统军等大将同行。并且检阅秦王世民帐下最精锐的部队，挑选能征善战的士兵，壮大元吉的声势。

为着抵抗外侮，李世民当然没有不肯借将的道理。可是，过了不久，有一个叫王晊（zhì）的人前来密报："我听说，太子告诉齐王元吉：'现在你得到了秦王的骁（xiāo）将精兵，拥有数万之众，力量雄厚。当你开拔之前，我与世民相约在昆明池为你饯（jiàn）行。这时候，我们派出两个壮士，把绳子系在世民的头颈上面。然后，两个各拿着绳子的一端，这么用力一拉，世民的脑袋还能不完蛋吗？然后对皇上报告世民暴卒也就是了。'"

秦王府中的人，听说李建成又有新阴谋，心中都十分紧张。长孙无忌等劝李世民先下手为强。

李世民还是犹豫不决："骨肉相残，为古今第一大恶，我当然清楚祸在旦夕之间，可是，唉……"

太子建成三番两次意图谋害世民，秦王府中的人早已不满，纷纷劝世民举兵，可是世民总是硬不起心肠。

尉迟敬德看世民依旧进退两难，怒由心生："天下哪有人不怕死，现在我们这伙人冒着生命危险拥护大王，正是上天给你的大好机会。如今祸乱随时就要爆发，而你还不以为忧。好吧，就算大王自己看轻自己，也应该为国家社稷（jì）着想。"

世民依然未置可否，不发一言。武人出身的尉迟敬德可沉不住气了："大王不肯听从敬德之言，敬德将逃奔到江湖之上，当一个亡命之徒，可不能再留在大王左右，像这样把自个儿的双手绑在一

舜耕历山，选自《二十四孝图》。

起等死。”

“对！不听敬德之言，事情一定会要失败。我，也要走了。”长孙无忌也用激将法来刺激世民。

又有人问李世民：“大王以为舜是怎样的人？”

“圣人。”世民立刻回答。

“好！假如当舜的后母把他淹在水里，舜不逃出，则为井中之泥；当舜在仓库上油漆，后母在下头放火，舜不逃出，则被活活烧为灰烬（jìn），怎能安定天下？所以，孔子说：为人子女被父母用小杖鞭打不妨忍受，被大杖笞（chī）打时，应该要逃，否则是不孝，你还考虑什么呢？”

秦王府的文臣都纷纷主张该下手自卫，否则大祸即将来临，李世民也了解局势的危急，可是该如何自卫呢？

玄武门之变

太子建成以及齐王元吉三番两次意图杀害秦王李世民，因此秦王府中的僚属纷纷建议世民除患，李世民却一直犹豫不决……

“这样好了，我们用龟卜，来卜一卜是吉是凶。”李世民命令手下搬来了龟卜。

此时，僚属张公谨自外头走进来，拿起龟，摔到地上说：“有可疑的事，才要用卜，现在这事没有什么好犹疑了，何必用卜？如果卜而不吉，难道我们就不举事了吗？”张公谨的话一点不错，大家都点头称是，于是，世民下定决心，准备动手了。

一天晚上，尉迟敬德跑去对长孙无忌说：“王已决计起事，你赶快前去共谋大计。不过你我，以及房玄龄、杜如晦（huì）四个人，不可以一块儿去见秦王，免得在路上被发现，给予太子和齐王起了疑心。”

于是，房玄龄和杜如晦两人换上了道士服，跟着长孙无忌悄悄进入了秦王府。另外，尉迟敬德从另外一条小路也赶了来，他们四人与李世民共同决定了起事的步骤。

第二天一大早，秦王李世民密奏唐高祖，建成和元吉私下与高祖妃嫔要好，淫乱后宫。并且说：“臣没有丝毫对不起太子和齐王，现在他们一心一意要杀掉儿臣，简直是要为王世充、窦建德报仇。儿臣如果今日冤枉而死，永远见不到父皇，魂归地下，连见到贼人都觉得羞耻。”

唐高祖听了大吃一惊，虽然太子建成与齐王元吉和妃嫔张婕妤、尹德妃之事大家都晓得，可是高祖并不知情。李世民为人厚道，也一向不愿意拆穿。所以高祖愣了好半天，方才说："明天你早些上朝，我要把这件事问一个明白，我怕是你们兄弟之间误会太深了。"

高祖妃嫔张婕妤得到消息，赶紧密报东宫。太子建成立刻找来元吉商量对策。元吉说："我们应该拥兵自卫，明天托病不进宫去，以观察情势的变化。"

"不，我们不能示弱，如果不进宫，父皇就会相信世民的话，何况，你别忘记，皇宫的禁卫军指挥官常何是我的老部下，他效忠于我，所以，皇宫是我的势力范围，我怕什么！"太子建成自信地说。

第二天，也就是武德九年（626年）六月四日，天还没亮，李世民率领长孙无忌、尉迟敬德等人悄悄进入皇宫北面的玄武门，人人手持刀箭，埋伏在玄武门大道两旁的树林中。

不久，建成和元吉也到了玄武门，依照规定，随从不得入宫，所以建成和元吉两人各骑一匹马进入玄武门，他们完全没有料到已经踏入了陷阱。

这玄武门为太极宫的北正门，乃天子禁卫军指挥部所在之地，谁要能控制了玄武门的禁卫军，谁就能控制皇宫。

玄武门的守将常何，原是太子建成的旧部属。因此，建成十分放心，殊不知常何投靠了秦王李世民。这才使世民能够带了人马进入玄武门，而且埋伏起来。

依照惯例，皇子们都是由玄武门入宫，所以李世民很笃（dǔ）定地在树林里等建成和元吉的来到。

天也渐渐亮了起来，玄武门大道上传来清脆的马蹄声，建成和元吉骑在马上，昂首前进。

等到建成和元吉到了临湖殿，发觉事态不对，两足猛蹬马腹，准备逃回东门时，李世民骑马赶来，元吉着急地想要拉开弓箭射杀世民，愈急愈拉不开了，一连拉了三次，都是徒劳无功，大惊之下，策马而逃。

李世民的箭比普通的箭大一倍，再加上箭法高超，一箭就把太子建成刺了一个穿心过，太子建成当场坠马毙命。

接着，尉迟敬德率领骑兵七十人赶来，乱箭之中把齐王元吉射下马来。世民的马跑入林中，人却被树枝牵缠，坠下马来，元吉这时正好赶到，举刀就要砍向世民。

玄武门兵变，选自清刊本《隋唐演义》。

正在这个千钧一发的当儿，尉迟敬德快马奔到，大吼一声，元吉吓了一跳，刀还没有砍下，尉迟敬德已经一箭射入，元吉立刻倒地身亡。

这时东宫和齐王府的将军冯立、副护军薛万彻等听说玄武门有变，立刻进攻玄武门，于是玄武门守军和东宫齐王府军队展开一场大混战，薛万彻等攻不进玄武门，鼓噪着要改攻秦王府。世民的部下大惧，尉迟敬德提着太子建成及齐王元吉的两颗人头，站在玄武门上大呼："你们的太子和齐王都已经死了。"于是，东宫和齐王府军队因之溃散。

唐高祖此时正在皇宫内泛舟游湖，不晓得外头出了大事，一直到世民派尉迟敬德擐甲持矛，领兵前来拱卫，方才大惊问道："今日是谁为乱，卿来此为何？"

"秦王因为太子、齐王作乱，举兵制裁，恐怕惊动陛下，特派臣前来护卫。"尉迟敬德恭敬地回答。

唐高祖一听非同小可，吓得就差点没有掉落湖中。他叹了一口气，对船上的裴寂说："没有想到竟然出了这种悲惨的事，你看怎么办呢？"

身旁的萧瑀（yǔ）、陈叔达道："太子和齐王二人，本来就对建立唐朝没有太大功劳，又嫉恨秦王世民的功高望重，共为奸谋。现在，秦王已讨而诛杀。何况秦王功盖宇宙，天下归心，只要陛下让他当太子，委以国务也就没事了。"

唐高祖想了一想，也没有其他办法了。只好说："好吧！这反正也是我原来的意思。"

此时，一部分建成和元吉的部下，与秦王世民的军队，仍在长安打得难分难解。尉迟敬德请求唐高祖下一道手诏，命令诸军俱受秦王的指挥，免得乱事继续扩大，更加不可收拾。于是，高祖下诏内外诸军皆受秦王指挥，并且派黄门侍郎裴矩到东宫去告知将士们，于是东宫才停止作战。

唐太宗不念旧仇

唐高祖正在泛舟游湖，忽然听到尉迟敬德传来消息，太子建成以及齐王元吉被杀，玄武门发生流血政变，大惊失色！

然而，事已至此，无可挽回。他只好派宇文士及向大家宣布：一切听命于秦王世民。然后召见世民。

世民来了，高祖拍拍他的肩膀道："近日以来，我几乎有投杼（zhù）之惑，真是难为你了。"

何谓投杼之惑？原来在《战国策》之中有一段故事：孔子的学生曾参居住在费这个地方，刚好有同名同姓的另一个曾参杀了人。人们听到消息，立刻跑来告诉曾母说："曾参杀了人。"

曾母不相信，可是一会儿连着有三个人来报告曾参杀人，曾母不由得相信了。丢下杼（为古代织布的机器），跳墙而走。

唐高祖讲这段典故的意思，是表示谎话说的次数多了，使人不得不相信，用此来解释自己当初听信建成和元吉的谗言，错怪了世民，是情非得已的。

世民不发一言，默默地跪下来，哀哀痛哭。高祖摸摸世民的头，表示谅解。

三天之后，唐高祖正式立世民为皇太子。同时下诏："自今军国庶事，悉委太子处决。"这位新的太子，就是历史上赫赫有名的英主——唐太宗。

唐太宗的"玄武门之变"是他个人完美生命之中的污点。然而

唐太宗，选自《乾隆年制历代帝王像真迹》。

我们在前面，陆续地介绍了太子建成及齐王元吉如何三番两次陷害他。他发动玄武门之变，虽非好事，实在情不得已。古代的皇位是至高无上的，而且具有强烈的排他性。同时，宫中的王子们，各人有各人的宫殿，从小不生活在一块儿，没有什么手足之情。为着争夺帝位，历代骨肉相残的例子很多。李世民的夺位，只不过是其中一个案例而已。

世民当上太子以后，把秦王府中的功臣一一授予重要官职。然后，他突然想起以前的太子建成，手下有一个很厉害的角色——魏徵，时常出主意，想要把他置于死地。

魏徵小的时候，家中贫苦，胸中有大志，不事生产，无以为生，只好出家当道士，钻研学问，尤其精通纵横之说。

到了隋朝大业末年，武阳郡丞元宝藏举兵响应李密。元宝藏用魏徵掌书记，做得十分出色，被李密看上了，留在身边。

魏徵曾上过十个策略，指点李密如何去用兵，可惜李密没有使用这些计谋。后来，李密失败了，魏徵随着李密投降唐朝。太子建成素闻魏徵的才能，请他担任洗马，对待他十分礼遇。（洗马是太子东宫的一个属官，他的职务并不是洗刷马匹，在古书之中，“洗”与“先”常常互用，“洗马”其实是“先马”，也就是太子出行时，骑马在前面导引的人。后来，“洗马”这官职并不是真正要导引先行，而演变为参谋人员。）

世民看了魏徵一眼，冷冷说道：“你以前为什么在我兄弟之间挑拨离间，制造事端？”

在旁的人都在猜想，这一会儿魏徵可要大祸临头了。没有料到魏徵竟然神态自若，丝毫不以为意地抬起头道：“先太子早听从魏徵之言，必无今日之祸。”

言下之意，他对于当初建议太子杀世民，非但没有悔意，甚且还暗示，如果不是建成未听忠言，哪儿轮到世民当皇帝。

旁边的人听到魏徵的狂言，莫不目瞪口呆，心想魏徵这小子可死定了。没有想到世民对他十分嘉许，不仅没有处罚，反而任命为詹事主簿（bù）。

世民的度量宽宏，这是一般人所赶不上的，可是其他人并不了解于此，不断有人密报某某、某某为建成、元吉的余党。虽然朝廷一再颁发赦令，还是有人争为告发及捕拿，希望能够借此讨赏。

世民不胜其烦，下了一道命令：“谁再密告就要处罚谁。”同时，派遣魏徵前往山东河北一带宣慰，并且准许

魏徵，像载《凌烟阁功臣图》，清刘源绘，清刻本。

任意处置。（山东、河北一带是太子建成的势力，余党很多。）

魏徵走到磁州，刚好遇到州县捕快正在解送以前太子建成的千牛李志安，以及齐王元吉的护军李思行等人到京师。

“当我受命之日，以前太子及齐王府中的左右都被大赦，现在又在解送李思行等人到京师。这样的作为，民间怎能相信朝廷不准备办前太子的余党。那么，有关的人，必定内心不安！”魏徵一面摇头，一面叹息。

于是，魏徵自作主张，把这些犯人都给放了，并且说：“我不能为了担心自身的前程，而不顾虑国家的安危。既蒙太子世民用国士之礼相对待，我也要以国士之礼相报答！”

魏徵此举，的确有些儿冒险，他自己以前曾为建成的手下，如今又擅自放走建成的大将。如果换了其他的人，很可能怀疑魏徵的用心。可是，世民不但不怪罪，反而十分赞赏魏徵的作风。

“玄武门之变”后的两个月，唐高祖传位给世民，自己退为太上皇。世民即位，改明年为贞观，他就是震古烁今的唐太宗。在他临朝的二十三年之中，是中国历史上最为辉煌的时代。君臣之和睦，民生之富裕，文治武功之鼎盛，为史乘（shèng）所罕见，史称“贞观之治”。一直到今天，中国人仍自称为唐人，海外有唐人街，也就是怀念唐朝的丰功伟业。

唐初第一功臣房玄龄

从公元 627 年，到公元 649 年，在唐太宗临朝的二十三年之中，史称为“贞观之治”。中国的国势如日中天，唐太宗可以称之为历史上最伟大的一个皇帝。

有些史家认为：唐朝之所以享有盛名，不只是因为太宗个人的神文圣武，而是因为有那么多的贤臣良将。此话固然不错，但是为什么上天这样的不公平，把所有忠臣贤相都聚集在太宗一朝？其实，这是因为唐太宗知人善任，才能提拔人才。

每一个人都有优点和缺点，唐太宗不挑剔人们的短处，尽是发掘其长处，所以人人乐于效命。太宗朝中用人极为复杂：有他的亲属，有他父亲的仇人，有他自己的敌人，还有不少与他争天下的群雄将领，以及隋朝的旧官吏，他把这一批来源不同的人合在一块，同心合力为国效力。在贞观十六年（642 年），唐太宗曾将二十四位功臣的图像画在凌烟阁之上。从这一篇起，我们逐个介绍治世能臣和安邦武将，大家可以由此窥知“贞观之治”的盛况，也学习太宗的领导艺术。第一个要介绍的就是被太宗命为第一功臣的——房玄龄。

房玄龄，是历史上赫赫有名的贤相。他是齐州临淄（zī）人，家学渊源，父亲房彦谦对五经极有研究，曾经在隋朝担任过泾阳令。

房玄龄幼小的时候，十分聪敏好学，博览经史，一手草书和隶书写得相当漂亮。

他在幼年时代曾经随从他父亲到京师，当时隋朝声势浩大，天下安宁，人们都以为国祚（zuò）能传得极久。可是，房玄龄却看出不对劲，他避开左右，悄悄对父亲说："目前虽然海内清平，但是隋朝的败亡，我们可以跷（qiāo）足而待（意思是说不要多久了）。"

房彦谦听了，惊讶得说不出话来。后来，果然不出房玄龄所料，隋朝只传了短短三十八年就短命而亡。

在十八岁那年，房玄龄考取了进士，吏部侍郎对他十分夸奖，一再对人说："我这辈子阅人多矣，没有见过像他这般杰出的，将来必定是国家的伟器。"

不久，房玄龄的父亲重病，躺在病榻之上拖了三个多月，在这一百天之中，他尽心侍候汤药，整个人都瘦了一圈，憔悴不堪。然而，还是没法把父亲从死神手上救回。当父亲过世之后，整整五天，他无法进食，不能喝水，真是忠臣必出于孝子之门。

因为房玄龄极为痛恨隋朝的暴虐，所以，当时李渊起兵，太宗李世民经过渭北之时，他就毛遂自荐。太宗与他相谈之下，立刻一见如故，十分投机，马上命他担任渭北道行军记室参军（差不多是现在的机要秘书）。

房玄龄遇到知己，心里头感激万分，特别尽心尽力地去办事。每一回太宗带兵平定贼乱，大伙总是被珍珠宝贝迷花了眼，一心只求太宗世民多赏一些，或者乘机拿一些塞入口袋之中，发笔横财。

当众人捧着珠宝，啧啧称奇，把玩赞赏之时，房玄龄总是不声不响地先去找寻有关文件，再来探访当地人才，把他们纳入幕府之中。若是碰到能干的谋臣猛将，他一定想办法与之结交，要他们死心塌地地为世民效力。

后来，李世民因为功劳太大，引起太子建成及齐王的嫉恨，三番两次想把他置于死地。有一次，李世民到建成那儿吃饭，竟然中毒而归，秦王府中十分震骇。

李世民扶着虚弱的身子召见房玄龄，房玄龄为他分析："为国者不顾小节，如今不能不起事。"太宗终于被说动了，遂发生玄武门之变。

在太宗还是秦王之时，曾在秦王府中设立了一个文学馆，里面都是贤良方正的文学家。除房玄龄外，还有杜如晦等十八人，被称为十八大学士，共分为三班，每天六个人值班。太宗对这些读书人非常尊重，每天批完公事，回到文学馆与这些学士畅谈军国大事，为政治国之道，往往到夜深人静，仍然不肯离去。

房玄龄是个文人，但是每回当太宗出兵打仗，他都跟着去，运筹帷幄（wéi wò），挺有一套。他尤其善于写军书，因为才思敏捷，一挥而就，从来也不必打草稿。

唐高祖曾对身边的侍臣说："此人深识机宜，足以堪当大任，每次为我儿子陈述事情，必定能够体会人心，即使是在千里之外，也好像当面耳语一般。"

十八学士登瀛州，清代年画。十八学士指李世民为秦王时，于宫城西开文学馆，罗致四方文士，以杜如晦、房玄龄、陆德明等十八人，分为三番，每日六人值宿，讨论文献，商略古今，号为十八学士。

贞观元年（627年），唐太宗即皇帝位，论功行赏，以房玄龄、杜如晦、尉迟敬德、侯君集等人为首，而房玄龄排名第一，封为邢国公。

唐太宗知道：人人都自以为功高一等，如此分封必有人不赞同，于是对诸功臣道："朕叙公等勋（xūn）效，量定封邑，恐怕不能完全恰当，大家可以各自提出意见。"

太宗的叔父李神通，立刻跳了起来，气吁吁地说："当义旗初起，臣率兵首先赶至，现在房玄龄、杜如晦不过动动刀笔，竟然功居第一，是臣很不服气……"

"义旗初起，叔父虽然首先举兵，可是等到窦建德吞噬（shì）山东，叔父全军覆没；刘黑闼（tà）再起，叔父又望风奔北。玄龄筹谋帷幄，有定社稷（jì）之功。所以汉代的萧何，虽然没有汗马军功，却是功居第一。叔父虽为至亲，可是朕不得滥用私情。"太宗明快地加以解说。

旁边的丘师利将军等以为分封不公，正在指天划地，吵闹不休，听到太宗责备李神通理曲之后，互相告诫："陛下如此公正，不私其亲，我们还有什么好争的！"

至此，房玄龄为唐初第一功臣，大家不再有何异议。

李纬的漂亮胡子

在中国历史上，如果论起房、杜，唐朝以后的人莫不举起拇指，称太宗用房杜二人为左右仆射，有如太宗的左右手，造成贞观之治的盛世。

唐太宗最大的长处，是有容人之量，他手下的第一功臣房玄龄也是如此。在上篇之中，我们说过，房玄龄在帮助唐太宗打天下的时候，经常留意延揽人才。唐朝建立之后，他依旧如此，杜如晦就是他找来的好伙伴。

我们中国人的智慧一向很高，可惜没有合作精神，尤其心胸狭窄，容不下旁人，见不得人家好。房玄龄就不是这样，他喜欢提拔人才，而且看到别人做了好事，就赞美不已，到处诉说宣传，真正具有成人之美的精神。

唐太宗最了解房玄龄愿意提拔才俊，却又没有乡愿的胡乱吹捧的作风。

有一次，唐太宗离开京城，住在翠微宫之中，任命司农卿李纬为民部尚书。当时，房玄龄在京城留守。

过了一两天，有一个人从京城里到翠微宫来。唐太宗问道："玄龄听说李纬拜尚书之后，有什么感想？"

来人想想，困惑地表示："玄龄只一直在说，李纬有一把漂亮的好胡子。其他，什么也没说。"

"糟了！"太宗一听此言，立刻把李纬从民部尚书的职位上面摘了下来，改授为洛州刺史。因为太宗知道：房玄龄一向绝不吝啬夸奖新进，如果李纬是一个人才，他一定赞不绝口。如今他什么话也没有说，只道他有一把好看的胡子，是一个美髯（rán）公。意思是说，此人一无可取，虚有其表……

房玄龄为人宽厚，不愿意明言李纬无能。聪明的太宗，却能猜中他的心事。君臣二人的默契（qì）是第一流的。

他除了担任良相之外，更监修国史，修改法律。他认为：前代法律之中规定兄弟分开居住，如果有赐官爵等余荫，轮不到头上，万一谋反可要连坐一块处死，太不公平。应该改为不论祖先或是兄弟，凡是连坐牵连，只要流徙（xǐ）边疆，不用处死。因此，天下死刑减去大半。他又削去许多危害人民不合理的法律，重新整理。因而唐朝的法律公正严明，是很有名的。

房玄龄不但自身显赫，而且他的女儿嫁给韩王，贵为王妃；他的儿子房遗爱，娶了太宗的女儿高阳公主，拜为驸马都尉。房玄龄在贞观十三年（639 年），加太子少师之后，他就屡次请辞相职。尤其皇太子要对老师行拜礼，他不敢当，躲回家中，时人都赞美他的谦让之风。

太宗在贞观十六年（642 年），又命房玄龄与姚士廉等一块儿撰写《文思博要》，写成之后，太宗重重予以赏赐，进拜司空，仍旧掌理朝政，也依然监修国史。房玄龄担心太过显贵，又再上表陈让。

太宗还是不肯答应。他说："公知进能退，值得嘉奖，然而国家久相任使，一朝忽无良相，如失两手。公如果精力不衰，还是勉为其难吧。"

既然唐太宗如此诚恳，房玄龄也不好再推辞。到了贞观十七年（643 年），再加赠太子少傅之官。太宗对自己能用房玄龄十分得意。当他在亲征辽东之前，写了一个手诏给他："公当萧何之任，朕无西顾的忧虑。”

萧何是汉高祖手下的能臣，太宗委以萧何之任以后，凡是军戎器械，战士粮草，一切后勤任务，完全交给了房玄龄。太宗能用人，也信任手下。房玄龄担任这项重责大任，把一切都办得妥妥帖帖。

房玄龄，选自《历代名臣像解》。

到了贞观二十二年（648年），房玄龄旧疾复发，无法上殿，只能坐在担架之上让人抬着走。快要到御座之前，才一步一步吃力地走下来。

太宗看到他那样老迈龙钟、步履艰危的模样，忍不住哭了起来。房玄龄也默默流下了眼泪，心中感触万千，却一个字也不能说。太宗立刻命令找最好的名医为他看病，而且每天供应御膳中的食品进补。

自此以后，太宗天天垂问病情，如果房玄龄的病情稍稍好转，唐太宗脸上马上露出笑容。如果听说病情转剧，脸色立刻黯淡凄怆（chuàng）。

从古以来，很少有皇帝这样关怀臣下的，房玄龄感动万分，他对儿子们说：“皇上如此对我，我如果辜负圣君，死有余责。现在国家一切得宜，只有东征高丽（lí）为国之大患，皇帝意志坚决，臣下没有人胆敢犯颜阻止，我如果不说出来，那真要抱着遗恨到九泉了。”

于是，他拖着病体，上表诤（zhèng）谏，家人都看着不忍，却没有人敢去阻止。太宗看到这张表，叹了一口气，对着高阳公主，也就是房玄龄的媳妇说："看这个人啊，病成这个样子，还在为国家大事忧心。"

房玄龄虽然家大业大，却从来绝不以此炫耀，而且再三告诫子孙，不可以骄奢沉溺，不能去盛气凌人。他还搜集了许多圣贤的治家格言，书写于屏风上，命令各人取一具说："如果能够留意屏风上的字句，足以保身成名。"

由此可见，房玄龄不止是一代贤相，他的人格操守，也是值得我们后世景仰。

唐太宗夜梦杜如晦

上两篇介绍过了房玄龄，就不能不接着讲杜如晦的故事。因房杜一体，房知杜能断大事，杜知房善建谋略。唐太宗善用房杜，乃中国历史上著名的一段佳话。

杜如晦从小聪明，悟性很高，喜欢和朋友谈论文章，评述历史。隋朝的吏部侍郎高孝基对他十分器重，一再夸誉："公有应变之才，当为栋梁之用。"的确，脑筋清楚，善于判断，正是杜如晦最大的长处。

唐太宗平定京城之后，将杜如晦引进秦王府担任兵曹参军。不久，杜如晦又被调为陕州总管府长史。当时，因为太子建成及齐王元吉妒忌唐太宗李世民，秦王府中的才俊之士被调开的很多。唐太宗心里头很是着急。

有一天，他对房玄龄发牢骚，抱怨秦王府中的人才远去。

房玄龄说："秦王府中的府僚离开的虽然很多，但不足以惋惜。只是其中一位叫杜如晦的，此人聪明识达，是个真正佐王之才。如果大王只想要守住藩位，他帮不上什么忙；可是如果想要经营四方，称霸天下，那就非用此人不可。"

太宗大吃一惊道："如果你不说，我差一点要失去此人了！"于是，立刻把杜如晦调为秦王府的府属。

以后，唐太宗讨伐刘武周、王世充、窦建德的战役，杜如晦都担任参谋。在军国多事之秋，杜如晦每次都能下定重要而正确的判

秦王府中十八学士论学问文章，佚名绘。

断，深深为同辈所折服。

后来，唐太宗在秦王府中建立了一个文学馆，杜如晦也以陕东道大行台司勋郎中的本官兼任文学馆学士。唐太宗对文学馆之中十八位学士都非常敬重，曾经请了唐朝大画家阎立本为他们画像，名列第一的就是杜如晦。

秦王府中虽然人才济（jǐ）济，可是最有才能的就是房玄龄与杜如晦。因此，太子建成曾经气愤地对齐王元吉说："秦王府中最可怕的，就是这两个人。"又知道他二人对唐太宗忠心耿耿，收买不易，所以到唐高祖面前去搬弄是非，把房杜二人赶出了秦王府。

等到唐太宗发动玄武门之变，登上了皇帝宝位，房杜二人更发挥了合作精神。唐朝的台阁规模及典章文物的制定，大半皆出于此二人之手。

前面说过房玄龄心胸宽大，具有成人之美的德行。唐太宗每次与房玄龄谈问题谈到最后，房玄龄总是说："这件事还不能就此决定，要等到杜如晦来才能定案。"

等到杜如晦来了，又常采用房玄龄的策略。这是因为房玄龄的谋略多，构想也多。而杜如晦善于下定判断，权衡利害得失，决定一个最适合的方案。两人同心为国，深受太宗的重视，难怪有贞观之治的盛况。

我们中国人智慧超人一等，可是往往没有容人的雅量，最看不得别人出头，房杜二人可没有文人相轻的坏习气，走到哪儿都是彼此标榜，互相夸奖，都把功劳推给对方。因此，我们后代人论起贤相必先称赞房杜，其实房杜是两个人的名字。

杜如晦，选自《历代名臣像解》。

贞观三年（629年）的冬天，杜如晦忽然病倒了，上表请求解除职务，太宗准许请辞，不过俸禄等依旧供给。这也是唐太宗为属下爱戴之处，他处处为下面的人着想，难怪臣子们也都心甘情愿地为他效劳。

唐太宗广求天下名医为杜如晦治病，所用的都是最为名贵的药材，可是病况始终不见起色。到了贞观四年（630年），病况更加重了，唐太宗先派太子慰问，又亲自前往探视病情，握着杜如晦干枯的手，流下了泪珠。事到如今，没有什么可以为杜如晦做的了，太宗只有又赐绢千段，再把杜如晦的儿子升为高官。

杜如晦死得很早，只有四十六岁就归天了。太宗哭得伤心极了，为此废朝三日。追赠杜如晦为司空，封莱国公。

唐太宗并且对著作郎虞世南说道：“朕与如晦，君臣义重，追念勋旧，痛悼于怀，请你体察我的心意，制作一块碑文来纪念他。”

后来，有一次，唐太宗吃了一个上贡的瓜，甜美多汁，而且有一股说不出的芳香。他当时的第一个念头是：该切一半给杜如晦享用，让他尝尝人间美味。继而忆起：杜如晦已在九泉之下，如何能再共享瓜果。太宗一时悲从中来，胃中翻涌，喉头阻塞，一口也吃不下去了。只好派人把剩下的甜瓜，供到杜如晦的灵前。

过了几天，他赐给房玄龄一条黄银带，想起房杜本来就是都在一起的，叹了一口气道：“想起往昔，如晦与公同心辅朕，今日所赐，惟独只见公一人。”说着，说着，声音都变了。

接着，太宗又说：“不成，黄银带不可赐给杜如晦，听说黄银带为阴间鬼神所畏惧。”马上又派人改换一条黄金带，放在杜如晦的灵前。

有天夜晚，唐太宗又梦到杜如晦。第二天，他赶紧派人把房玄龄找了来，大谈梦中所见，君臣二人相对唏嘘不已！太宗又命人送上御食到杜如晦坟前祭悼。

看到唐初房杜之间的亲爱精诚，太宗与臣子之间的情深义重，君臣一体，上下合作，为天下服务，这样的同心合力，无怪乎有贞观之治。如果我们政府之中也能如此，如果我们民间也是这样的奋发合作，我们当然可以再造贞观之治的盛况，重建中华民族的声威。

李靖·红拂女·托塔天王

提起李靖（jìng），大家或许会觉得十分熟悉，因为在《虬（qiú）髯客传》、《封神演义》、《西游记》及《薛仁贵征东》几部著名的小说之中，都有李靖。

《虬髯客传》是唐朝晚期杜光庭所写的一篇侠义小说，内容是讲隋朝末年杨素当权，有一天，李靖求见献策，发现杨素的身边，站着一位绝色美人，手执着红色拂尘，站在一旁，默默地注视着李靖，原来她是杨素的艺妓。

后来，李靖归去，到了晚上，红拂女夜访李靖。李靖得此佳丽，大喜过望，两人私奔而去。途中，有一天红拂女正在床前梳那把拖到地的乌亮长发，忽然发现有一个赤髯如虬的莽汉，骑着驴子而来（虬原意为有两角的龙，后形容卷曲）。相谈之下，三人结拜为兄妹，本来准备起事，后因虬髯客听说"太原真英主也"（指的是唐太宗），于是放弃了起事反隋的行动，远走东南。并且说："今后十年之间，如果听说东南方面有什么奇异的事，那就是我虬髯客得意的时刻了。"然后，飘然而去。

由于杜光庭把李靖、红拂、虬髯客三位主角写得分明又生动，成为家喻户晓的故事。以后戏剧中的《红拂夜奔》、《风尘三侠》、《太原三侠》，都是描述这一段故事。事实上，杨素去世时，隋朝的江山尚未起变化，与史实不合。李靖的夫人是否为委身于杨家的艺妓红拂女，历史上没有记载。

红拂女、李靖与虬髯客，选自《吴友如画宝》。

在明朝人陆西星所著的小说《封神演义》之中，李靖由肉身成神。话说李靖夫人生下金吒、木吒二子，生活愉快。后来夫人又怀孕，梦见道人送子，生下一个如轮般的肉球怪胎。李靖拿刀一劈，肉球之中跳出一个男婴，手戴金镯，肚围红绫，满地到处乱跑。原来怪婴是乾元山金光洞太乙真人的弟子灵珠的化身，取名叫作哪吒。最后，李靖父子四人都成为神仙，这就是民间供奉李靖为托塔天王及哪吒三太子的由来。

至于明朝吴承恩所写的《西游记》一书之中，李靖身居托塔天王的官职，成为武神的领袖。在《薛仁贵征东》一书之中，李靖又摇身一变为香山老祖的门人。

在民间的传说之中，李靖是一位极有法术的大道士，并且为太上老君嫡传第三十八代弟子李淳风的门人，真是愈扯愈离了谱。其实，李靖是人，不是神仙，把他渲染为有道行的道士，实在是侮蔑了他“才兼文武，出将入相”的功绩。正如同诸葛亮一般，许多人只知他会呼风唤雨，法术无边，反而不明白他“鞠躬尽瘁，死而后已”，对国家的一片忠诚，可以说得上是本末倒置。吴姐姐讲历史故事的目的，也就是希望与大家共同研究真正的中国历史，还他历史人物的本来面目。

李靖本名为李药师，雍州三原人（陕西三原县），他的祖父李崇义，是后魏股州刺史；父亲李铨（quán），为隋朝郡守，家世十分显赫。李靖身材魁梧，相貌英挺，十分的帅气。他有文才，也有武功，在李靖还是一个青少年的时代，就常对人说："一个男子汉大丈夫，如果遇到赏识他的君主，遭逢到适当的时机，应当为天下立功绩，成事业，不能够做一个书呆子。"

李靖的舅舅是隋朝平定南方陈朝的大将军韩擒虎，韩擒虎在当时是首屈一指的大将军。他对这个小外甥十分欣赏，常常与李靖一块儿谈军国大事，而且称赞道："放眼望去，可和我谈论《孙子兵法》的，也就只有这个孩子了。"

长大之后，李靖在隋朝任长安县功曹，又做到驾部员外郎，因为他才学高人一等，又因为有一个韩擒虎舅舅的关系，与朝廷中的大臣都很熟悉。吏部尚书牛弘（他是隋朝最有名的文学大家），特别看重李靖。就连骄傲的杨素，也曾经半开玩笑地拍着座位道："看来，这个位置迟早是你的了。"

在隋炀帝大业末年，李靖担任马邑郡丞，刚好这时唐高祖李渊正在塞外与突厥相抗。聪明的李靖观察形势，知道李渊已有造反的意思了，立刻前往炀帝所在的江都，准备前去告发。可是，他刚到长安，兵荒马乱，道路不通，只好留了下来。

等到唐高祖的军队攻占了长安，逮住了李靖，高祖李渊大为兴奋，马上就要斩了这个告密者。

正等着人头落地的一刹那，李靖大声呼道："公起义兵，本意是为天下除去暴乱，现在大事尚未成功，就要因为私人的怨恨，杀掉一名壮士吗？这算是什么英雄好汉？"

唐太宗李世民也站出来为李靖讲话，再三陈情"此人是个人才，不宜杀害"，方才捡回李靖的一条命。由此，也可见太宗的度量宽广，殊非常人所及。

据说，唐高祖在隋朝做官时代，就与李靖有过不愉快，再加上这件事，更打心底讨厌李靖。因此，当武德二年（619 年），李靖去讨伐萧铣（xiǎn），途中受阻，军队不能前进，高祖悄悄命令陕州都督许绍就地把李靖给杀了。可是，许绍爱才，舍不得下手，李靖再度大难生还。

后来，李靖带领八百人，破萧铣营，俘获五千人，唐高祖开心极了。下诏曰："卿竭尽心力，功效特彰，特以嘉赏。"并写了一封信告诉李靖，"既往不咎（jiù），过去的事我早已忘了！"表示前仇一笔勾销，不必再提。

众君之长的天可汗

李靖打败萧铣，得到了唐高祖的信任。以后，他又安抚岭南，平定了辅公祐之乱，得到很大的战功。不过，李靖最大的成就，在于对抗东突厥方面。

唐高祖武德八年（625 年），突厥进犯太原，李靖担任行军总管，统率江淮兵一万余人。当时，各路人马都打不过突厥兵，只有李靖能够力抗。唐太宗经常夸耀："李靖是萧铣（xiǎn）和辅公祐的克星，古代的名将白起、卫青、霍去病，哪儿可以比得上？"

到了第二年，突厥又趁着太子建成和齐王元吉与李世民不合，再度大举入侵。颉（jié）利可汗带领了大军，一路冲到长安附近，当时长安的兵力只有几万人，实在不是对手。李世民把李靖找来问对策，李靖的看法是："目前国家需要安定，暂时不宜于用兵。"

后来，靠着李世民过人的机智，亲自率领六位臣子，到达突厥阵地，隔着渭水责备颉利可汗，又利用颉利可汗与突利可汗的不合，挑拨离间，退了双方兵马，免去了一场浩劫。

唐太宗即位之后，念念不忘渭水这场惊险，总想找机会报仇。贞观三年（629 年），听说突厥的许多部族造反，立刻任命李靖为兵部尚书兼代州道行军总管，率骑兵三千，出其不意直逼恶阳岭。颉利可汗没有料想到有此一着，吓得心惊肉跳，并且害怕地与部下商议道："唐朝军队如果不是倾全国之师而来，李靖有几个胆子，竟然敢孤军深入我境。"

便桥会盟，辽陈及之绘。图中左侧为太宗李世民单骑至便桥桥头，与突厥军队说话，右侧为突厥人，拜服于地者为颉利可汗。

第二年，李靖再破定襄，颉利可汗狼狈逃脱，退保铁山，遣使入朝谢罪。

唐太宗对此，可真是得意万分。他说："以前汉武帝时代，李陵率领步卒五千人，结果投降了匈奴，史书上还加以称扬。现在你仅以三千轻骑深入虏庭，克复定襄，威震北狄，这可是自古以来从来没有的事，足以报当年渭水之役的大仇。"

此时，颉利可汗虽然请降，内心依旧不情不愿。唐朝方面派遣鸿胪卿唐俭、将军安修仁，前往突厥慰抚。

李靖对张公谨将军道："皇帝特使到达那儿谈和，虏敌必定心中放宽，缺乏戒备，我们选择一万精兵带二十天粮食前往突袭。"

张公谨不以为然道："皇帝诏书准许他投降，怎么好去突击？何况我们还有两个特使在人家那儿。"

"兵机不可失，国家利益重于一切，颉利可汗又非真心归降，何必为了区区唐俭而误大事。"李靖当机立断之后，马上率军前进。到了阴山，一路上遇到一千多个颉利可汗派在前方的哨站，全部加以俘虏。因此，一直到李靖逼近颉利可汗帐篷之外十五里，可汗才发现事有蹊跷，可是已经来不及了。李靖斩了数万突厥兵，俘虏了男女共十余万人，又杀掉颉利可汗的妻子——隋朝的义成公主，生擒了颉利可汗的儿子叠罗施。

颉利可汗乘千里马逃走，想要投奔吐谷浑，半途中被唐朝的西道行军总管张宝相所擒，不久，突利可汗也来归顺，唐朝算是报了仇，大胜而归。

由于唐朝声威远播，四夷君长前来长安求见，请求唐太宗做天可汗。可汗是西域对君长的尊称，意思是众军之长。唐太宗笑嘻嘻地说："我为大唐天子，还要下行可汗的事吗？"于是，群臣及四夷都在地上叩首："万岁！万岁！万万岁！"欢呼声响彻云霄。从此以后，唐太宗对西北君长的玺书，一律自称为"天可汗"。

颉利可汗也被活捉到了长安，伏地跪拜痛哭。太宗命他在长安住下，赐以优厚饮食。太上皇唐高祖听说这个大好消息，也乐不可支道："以前，汉高祖在白登山受困却没有法子报仇。现在，我的儿子能灭掉突厥，我的王业托付得人，还有什么好忧虑的呢？"

唐高祖派人召来太宗，又找了十余名贵臣及诸王妃主在凌烟阁举行庆功宴。喝得酒酣耳热之际，唐高祖自己弹起琵琶，唐太宗闻乐翩然起舞，公卿们一个接一个站起来敬酒，一直闹到半夜，君臣依旧兴奋得不忍归去。

李靖，选自《历代古人像赞》。

李靖虽然建了大功，却遭到嫉妒。御史

大夫温彦博奏上一本，说是“靖军缺乏纲纪，以至于突厥的珍宝，散于乱兵之手”。太宗大为不悦，但是还是忍着气道：“以前隋朝将领史万岁大破达头可汗，隋朝有功不赏，反而把他判了死刑。朕不是这样的人，我赦免你的罪，照样记载你的功勋。”后来，太宗又对李靖说：“以前是有人故意进谗言，你可别在意。”又赐白绢二千匹，拜为尚书右仆射。

太宗对李靖一直很尊敬，私下称其为“兄”。因为李靖患有足疾，不良于行，又特别赐给他一枝灵寿杖。李靖为了报答太宗恩情，在六十五岁高龄仍然出兵吐谷浑，打了一场大胜仗。

贞观十四年（640年），李靖的妻子去世。太宗为着表彰他的功绩，特别下诏采取汉朝卫青和霍去病的故事，在坟墓之前，建筑起突厥境内的铁山、吐谷浑境内积石山的模型，这也是难得的恩宠。

贞观十八年（644年），李靖临死前，被封为卫国公。因此，李靖流传下来的兵书，称之为《唐李卫公问对》，至今仍为人们所传诵，是我国的兵法宝典之一。

唐太宗的胡须灰

今天我们要介绍另一位英雄人物李勣（jì）的故事。李勣有三个名字——徐世勣、李世勣与李勣。在《薛仁贵征东》这部小说之中，有一个足智多谋，深通阴阳五行的牛鼻子老道徐茂公，就是暗指李勣。

李勣的本名叫徐世勣，唐高祖赐姓为李，后来又由于唐太宗李世民的名字中间有个“世”字，为求避讳，再次改名为李勣。

李勣是曹州（今山东曹县）人，他小的时候，家里十分富裕，童仆甚多。他的父亲徐盖，生性慷慨，喜欢周济邻里，在地方上颇有人望。

隋朝大业末年，李勣十七岁，时当天下大乱。有一个名叫翟让的人，原为东都小官，受到旁人的牵累被处死刑。牢中的狱吏黄君汉，不忍见此一血性汉子被杀，偷偷地把翟让放了出去。翟让逃到了瓦岗寨，与单雄信等人一块儿当了土匪强盗。李勣跑去跟从了他。

李勣对翟让说：“我们脚下所踩的这块土地，是公及勣的家乡，大家彼此都很相识，在这儿当强盗实在不好意思。隔邻的荥阳为汴水所流经，商旅往还不绝，可以好好的拦截一番。”翟让听了，认为极有道理，迁地为盗。

于是，他们来到运河旁边，劫掠公私商船，大大捞了一票。因为财力雄厚，兵力强大，连李密也想加入这支队伍反抗隋朝。

李勣在京剧中的造型，选自清内府彩绘本《庆赏昇平》之《千秋岭》。在戏剧传说中，李勣常常被呼为徐茂公，和诸葛亮一样，是古代足智多谋、知过去将来的军师形象。

隋朝派遣大将张须陀前来讨伐，反而被李勣用计把张须陀杀了。再派王世充来剿，又被李勣给打败了。李勣对李密说："现在天下大乱，就是因为饥饿，如果我们能得到黎阳仓库，事情就好办了。"果然，当李勣攻下仓库，大开仓门，让饥饿的百姓吃个够饱。十天之间，就招募了二十万大军。

后来，唐高祖武德二年（619 年），李密率众投降了唐朝。李勣的义气，使得高祖十分欣赏，赐姓李，封曹国公。不久，唐朝讨平单（shàn）雄信，依照惯例应该处死。李勣上表求情，说单雄信武艺绝伦，请免一死，并愿意用自己的官爵为他赎罪。

唐高祖没有答应他的要求，李勣难过得要命。当单雄信临刑之前，李勣忽然抽出一把锋利的小刀，把自己的股肉割下一块，送给单雄信吃，呜咽地对单雄信道："生死永诀，此肉同归土矣。"并且收养了单雄信的儿子。当时的人，都很推崇李勣的念旧。

李勣曾追随太宗讨平窦建德、刘黑闼、徐圆朗等反隋兵马。但是，他最大的成就，在于与李靖并肩作战，消灭了唐朝最大的外患——突厥。

在上一篇《众君之长的天可汗》中，我们说到：李靖给颉利可汗一个迅雷不及掩耳的突袭，把突厥打得落花流水。这个计谋，是李勣与李靖两人联合想出来的。李靖将兵连夜发动，李勣勒兵继进，使得颉利可汗没有退路，只有乖乖投降。

因为这场战役，李靖被封为卫国公，李勣也被封为英国公。从此以后，李勣留在并州戍（shù）守边疆，一守就是整整十六年。

唐太宗对侍臣道："隋炀帝不能够精选贤良将士，安抚边境，只好建筑长城防备突厥。今天，我用李勣一个人防守并州，就能够使得突厥畏惧威名远远逃走，边区安宁，你们说，这岂不是比建筑长城更有效吗？"可见得李勣真可以说得上是国之干城。

贞观十五年（641年），李勣被任命为兵部尚书。这时，薛延陀率众八万南侵，太宗命李勣以朔州行军总管的名义，前往抗敌。

薛延陀的步兵相当厉害，他们有一套特殊的战法——以五个人为一小组，其中一个人管住五匹马，另外四个人在前面打仗。如果打胜了，回头骑上马再往前冲；万一临阵退缩，管马的那个人，就会将后退的士兵立斩处分。

刚开始交锋时，唐朝大军被薛延陀的箭矢打得极惨。后来，李勣想出了一个法子，他命令士兵们从马上下来，拿着矟（shuò），往前猛冲。再派遣副总管薛万彻专门俘捉薛延陀管理马匹的士兵。

如此一来，薛延陀的军队前进受阻，后退又没有马匹，被李勣一路追杀，俘虏了首领及五万士兵。

由于这一场战役打得太过辛苦，李勣忽然得了暴疾。唐太宗非常着急，请了最好的名医为他诊治。

医生按脉之后说："这种病要治好，还需要一些男人的胡须灰作为药引子。"

医师的话还没有说完，唐太宗已经一剑割下了自己的胡须说："就用这个烧成灰烬用来和药吧。"李勣吃药病好之后，才知道是太宗用自己的胡须做药引子，真是感激涕零，立刻进宫求见，李勣一见到太宗，连忙趴在地上叩头，一直磕到脑袋出血。

唐太宗剪须和药，以救李勣，选自明刊本《帝鉴图说》。

后来，李勣从马上跌下来伤了脚，太宗再三慰问，并把自己心爱的名马让给他去骑。有一次，李勣在宴会上喝多了酒昏昏睡去，太宗亲自把龙袍披在他身上，怕他着了凉。由于太宗如此恩宠，使得李勣格外感激。在高宗继位后又二次出征高丽，获得赫赫战功，真是为人尊敬的沙场老将。

高士廉母子同心

高士廉本名为高俭，他的祖父在北齐做过不小的官，父亲高励曾任北齐的乐安王、尚书左仆射，又任隋朝的洮（táo）州刺史。

士廉幼小时代，对文学历史极有兴趣，隋朝大业中担任治礼郎的官职。他有一个妹妹，嫁给隋朝右骁卫将军长孙晟（shèng），生了一个儿子长孙无忌及一个女儿。不久，长孙晟去世了，高士廉就把妹妹及外甥接回家中。

后来，高士廉看上了当时尚未发达的李世民，认为他是一条潜龙，日后必有发展。于是做主把外甥女嫁给了李世民，成为日后唐太宗的长孙文德皇后。长孙皇后母仪天下，是历史上有名的贤后。关于她的故事，我们以后会详细介绍。总之，高士廉是唐太宗皇后的舅舅。

在隋朝末年，大军讨伐高丽的时候，兵部尚书斛（hú）斯政投降了高丽，高士廉受到了牵累，被贬为朱鸢（yuān）主簿。

高士廉一向对父母十分孝顺，如今被贬到岭南去做官。岭南地方潮湿，蛊（gǔ）毒瘴疠（lì），容易得病，不适合老年人居住。所以他不忍心父母同往，留下了妻子鲜（xiān）于氏照顾双亲，单身前往赴职。

安顿好了父母，他又放心不下守寡的妹妹。把家里的大宅卖掉，拿了一些钱让妹妹留着用，然后轻装而去。

虽然他已尽全力，把家中大小安排妥当，可是正值兵荒马乱的时代，每天依旧牵挂万分，对着北方有无限的思念，却又不能动弹，真有莫可奈何的痛苦。

有一天，高士廉白天睡午觉，忽然之间，梦见他母亲走过来，和他亲亲热热地话家常，他依在母亲膝下有无限温暖。猛然之间惊醒了，发现不过是南柯一梦。母亲呢，母亲在哪儿？她过得好不好呢？高士廉想到母亲，心一酸，也顾不得自己已是一个大男人了，哭得满脸泪痕。

第二天，仿佛有老天保佑似的，他竟然得到久未有音讯的母亲托人捎来消息，说是家中安好，高士廉心中的一块大石头才算放了下来。人们都说这是高士廉的孝感动天。

到了唐朝高祖武德五年（622 年），高士廉回到长安，受命为雍州治中。当时的唐太宗李世民以秦王身份任雍州牧，由于高士廉是自己妻子的舅舅，又素有才望，太宗对他十分信任。

在玄武门之变中，高士廉也担任了重要的角色。他在六月四日，率领官吏把关在牢房的犯人放出，并且交给犯人兵器，请他们将功赎罪，帮助太宗。在玄武门之变成功之后，高士廉因为有功被封为太子右庶子。

唐太宗正式即位以后，高士廉被任命为安州都督。不久，被任为益州大都督。不久，又被任为大都督府长史。

益州在今天的四川。四川开化比较晚，风俗浇薄，当地有一种奇怪的风俗，人们特别怕鬼，又畏惧疾病。所以，如果父母生了重病，多半不情愿侍奉汤药，甚且为着躲避祸害，把食物挂在竹竿上，握着竹竿的一头，远远地为父母送食。

最为孝顺的高士廉，当然看不惯这种情形。他把养育之恩，不能不报，以及百善孝为先的中国传统儒家观念，一点一滴的教导给当地人民，使他们也能渐渐了解孝的意义。

在秦朝时，曾有李冰在四川治水，所以住在水边的人的土地暴

高士廉，选自《历代名臣像解》。

涨，富豪之家，彼此侵夺。高士廉解决了这个问题，又另外疏通了几条河道，使得蜀地的人民大获其利。他还找了一些儒生讲论经史，大兴文治，把地方带向富强康乐，知书达礼。

贞观五年（631年），高士廉被命为吏部尚书。这时，山东、河南、河北一带的士族，仗着旧日门阀，十分嚣张，自以为是。如果嫁女儿，聘礼也要比别人拿得多。唐太宗对此十分厌恶，命令高士廉等搜集天下族谱家谱，重新整理。这也是他的另一贡献。

贞观二十一年（647年），高士廉去世，享年七十二岁。唐太宗悲痛万分，立刻命令起驾吊丧。

房玄龄急忙阻止太宗前往。原来，唐太宗正在服食方士炼制的长生不老的仙丹，不适宜临丧。唐太宗很不高兴道："朕此行，不单是为君臣之礼，更是故旧情深，姻戚义重，他还是皇后的舅舅呢！卿不要再多说了。"

唐太宗率领了几百骑兵出了兴安门，到了延喜门。这时，高士廉的外甥长孙无忌，骑着一匹快马赶到太宗面前，向太宗谏道："陛下正在服食丹药，千万不可临丧，这是经方上最为忌讳的事，陛下必须为国珍重啊！我舅舅在临终以前，曾经对我说：‘皇帝待我恩重如山，我很担心在死去之后，他会亲来临丧，我怎能在死亡之余，惊动圣驾。倘若如此，魂而有灵，亦将不安。’所以请陛下千万勿去。”

唐太宗听了长孙无忌一番话，想到高士廉临终之前，仍然一心一意为自己着想，又想起此后天人永诀，再也不能相会，一种莫可奈何的失意涌上心头，益发想去见高士廉的最后一面。

“皇上！”长孙无忌不敢阻拦唐太宗，又不能不执行舅舅的遗言，更担心唐太宗此去有伤龙体。情急之下，伏于马前痛哭失声。太宗依旧想去，却又不能辜负这许多忠臣的好意，只好登上长安故城西北楼，遥遥对着高宅方向，哀哀恸（tòng）哭。

服食仙丹是一件有伤身体又毫无用处的傻事，不过当时的人却不明白。可是，太宗君臣之间这种感情，即使在今天，上司与下属之间又有几人？

贤德的长孙皇后

对任何一个人而言，能够虚心接受批评，都不是一件容易的事。尤其是古代的帝王，手中握有无限的权力，没有任何法律可以约束他们。所以，当皇帝的更难有接受批评的雅量。唐太宗却是例外，他的虚心纳谏，是历史上的一段佳话。

在隋炀帝时代，炀帝不但拒绝一切上谏，而且谁敢上奏地方上有造反的乱事，炀帝就要砍谁的脑袋。唐太宗亲眼看到隋炀帝的败亡，深深了解一个人的耳目有限，思虑难周，倘若拒绝臣下的上谏，等于自招巨祸。所以太宗即位之后，鼓励臣下上谏，公开批评朝政。在贞观年间，王珪（guī）、戴胄（zhòu）、马周、褚遂良等，都以敢谏知名。甚且在隋朝时代，以善于逢迎拍马的裴矩，到了太宗朝代，竟然也开始上谏。

在所有朝臣之中，上谏的次数最多，而且影响力最大的，首推魏徵。

魏徵原本是太子建成的谋士，玄武门之变后归于太宗门下。他曾建议太子建成早日除掉太宗，太宗问起这段往事，旁人都为魏徵捏把冷汗，魏徵丝毫不以为意，反而侃（kǎn）侃谈道："如果当时事成，陛下今天也登不上皇帝宝座。"言下之意，他的意见可没错，错的是太子建成没能听忠言。

太宗对魏徵择善固执的精神十分欣赏，不但没有治罪，反而升了他的官儿。魏徵也相当钦佩太宗的器量。从此，只要魏徵见到唐太宗有不当之处，他都能直言进谏，唐太宗也每能虚心接纳。

例如有一次，唐太宗远赴九成宫，他的后宫宫室就在九成宫旁。后来，仆射李靖、侍中王珪相继而来。下面的人，就把宫室改为李王二人的公馆。

唐太宗有点不开心，他嘀咕道：“噢，这般的威风与享受，岂不存心轻视我的宫人？”正要准备下诏更改回来，魏徵说话了：“靖、珪，都是陛下的心腹大臣，宫人不过是后宫扫除的奴隶。李靖等的确需要一个像样的官舍，用来接见官吏，咨问民间疾苦。宫人除了供应皇上之需外，对国事一无参与。陛下若以官舍的理由查办，将会震惊天下耳目。”

唐太宗想想：魏徵说的很有道理，也就不再过问此事。

另一回，唐太宗得到一只名贵的小鹰，十分的喜爱。他把小鹰拿在手上把玩着，并试着训练小鹰一些技能。玩得正在兴头上，忽然之间，外头通报，魏徵晋见。

唐太宗心想：真是讨厌，什么时候不好来，偏偏这个时候来，待会儿见到了小鹰，又要啰嗦个半天。于是，顺手把小鹰藏在衣袖，准备早点打发魏徵走开。

不料魏徵眼尖，早就看到太宗的动作。因此，他故意说个没完，

敬贤怀鹞，选自明刊本《帝鉴图说》。

谈了一件又一件。太宗心里直发急，又不能把小鹰拿出来，只好耐着性子与魏徵磨，心中一直在催魏徵早走。

扯了半天，最后，魏徵终于告退了。唐太宗长长地吁了一口气，眼看着魏徵走远了，他迫不及待地把小鹰自袖中掏出，却发现小鹰闷死了，太宗心里懊恼万分。他不是不能斥退魏徵，他也不必避讳在魏徵前面玩鹰。可是唐太宗实在一心一意想做一个好君主，魏徵也一再夸耀太宗贤明，有纳谏美德，太宗更觉得自己应该表现出纳谏的度量，所以小鸟也玩不成了。

唐太宗的皇后长孙皇后，学问极佳，一举一动，必循礼法。当太宗与太子建成不合的时代中，多亏长孙皇后孝事高祖，尽力弥缝。玄武门事变发生时，她又亲自慰问参与此事的将士，使得太宗对她更是敬爱有加。

当太宗即位，长孙当上皇后之后，太宗时常想与她商量对臣下的赏罚，长孙皇后总是不肯开口，并且说：“牝（pìn）鸡司晨，并不适合。”她认为女子干政，非国家之福，所以不愿参与政事。

长孙皇后的哥哥长孙无忌，与太宗是布衣之交，又是佐命王勋，太宗视之为心腹，长孙皇后总认为

长孙皇后巧谏太宗，选自明刊本《帝鉴图说》。

不太妥当。她不止一次对太宗说："妾托身紫宫，尊贵至极，实不愿兄弟子侄布列朝廷，汉朝的吕后之乱，可为切骨之戒。"

唐太宗不听，他自认有知人之明，所以大胆地任用长孙无忌为左武侯大将军、吏部尚书和右仆射。

长孙皇后所生的女儿长乐公主，深得太宗的喜爱，因此出降（即公主结婚）之时，太宗下令送的礼仪，要比过去永乐公主出嫁时多一倍，魏徵又说话了："情虽有差，义无等别，不可失理。"太宗回去告诉皇后，以为皇后一定失望，不料长孙皇后叹了一口气道："以前陛下敬重魏徵，妾未知其故，今闻其谏，方知其为社稷重臣。"至此，可知长孙皇后的深明大义。

有一天，太宗上朝归来怒气冲天道："我非杀了那个乡巴佬不可！"长孙皇后忙问："陛下在说谁？"

太宗委屈道："那个老家伙魏徵啊，他总在朝廷上当众侮辱我，叫我把皇帝的尊严放在哪儿？"

长孙皇后一言不发，默默退下，换上了大礼服，站在庭阶之上。太宗觉得好生奇怪，长孙皇后说："妾闻主明臣直，今天魏徵能够如此正直，全是因为陛下贤明的缘故，怎能不贺？"高帽子一戴，太宗立即哈哈大笑，笑逐颜开。

长孙皇后运用智慧，不但保住了丈夫的颜面（她如果与太宗辩论，太宗一定大怒），更保住了魏徵的老命。她的做人处事技巧，真是高人一等。